獻給諾亞。

瘋狂為皮，創意為骨，
溫暖為心的童話。
——亞平，兒童文學作家

我最喜歡**阿德**，
因為他幽默風趣。
——絃雋，10 歲

這是我讀過
最有趣的書。
——喬吉，9 歲

傻氣又荒唐的絕無冷場。
——許伯琴，《我們家的睡前故事》
親子共讀頻道主持人

有趣、百無禁忌，**天然蠢萌**。
——理查德・奧斯曼，英國節目主持人

我最喜歡阿德和小柳，
他們兩個是**超級好朋友**。
——Nana，9 歲

噢，天哪，這的確
是最高讚美！

歡迎光臨 瘋狂森林

新來的狐狸姐弟

作繪 **納迪亞・希琳**

譯者 **周怡伶**

瘋狂森林

警告：這張地圖根本沒用！

大城 ←

快兔村

戴德斯的露營車

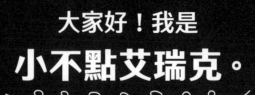

大家好！我是
小不點艾瑞克。

我有時候會跑出來說說
我的想法，不過我猜你可能會
嚇一跳吧？其實我也覺得這樣
太突然了。平常我是個
公車司機。

鼠婦

總之……
翻開下一頁，精彩有趣的
故事就要開始嘍！

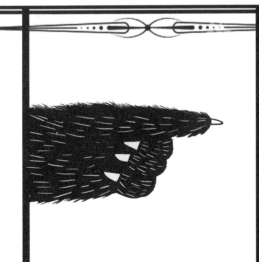

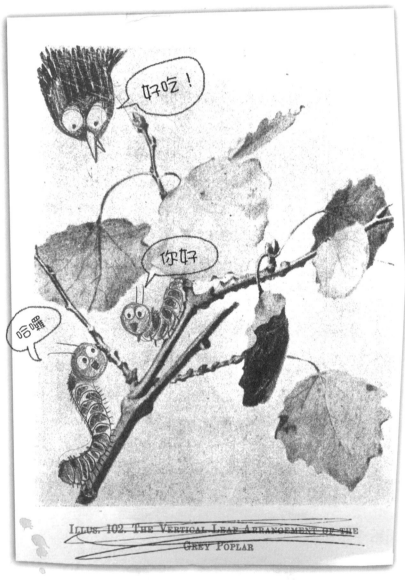

* 插圖編號 102　灰白楊木的直立型葉序

第一章
阿德與小蘭

這是阿德。

這是小蘭。

阿德和小蘭跟許多狐狸一樣，住在大城裡。阿德認識的狐狸之中，最勇敢又最大膽的就是小蘭。阿德不記得自己有爸爸媽媽，但是一直都有小蘭照顧他，小蘭總是讓阿德有食物吃、有溫暖的地方睡。

　　小蘭除了喜歡照顧阿德，她還喜歡跟朋友在城市裡翻找食物。每一條街道、每一條暗巷、每一個垃圾桶、每一個躲藏的地方，她都一清二楚。小蘭非常強悍。她沒有時間嬉笑，沒有空閒聞花香或看漫畫。不過，反正小蘭不需要這些。她真的不需要。

　　阿德剛好相反，他是一隻可愛的小狐狸，喜歡待在窩附近，這個窩隱藏在一座大公園的角落，在刺刺的冬青樹叢裡。阿德喜歡在陽光下的草地上翻滾，在小枝條跟葉子之間到處聞一聞，喜歡舔食掉在地上的冰淇淋。有時候小蘭會跑過來丟個點心給他吃。

真是美味……

小蘭喜歡喝咖啡，那能讓她保持

警醒。

Fig. 1

Fig. 2.

不過有時候喝太多了，她會
全身發抖、吠叫，這時候阿德就會坐在她頭上，
讓她冷靜下來。

沒錯，阿德和小蘭這對狐狸姐弟配合得很好，而且什麼都不缺。應該說，**幾乎**什麼都不缺。最近阿德覺得胸口怪怪的，有點痛。每次看著小蘭跑走，只剩自己在窩裡的時候，就會有這種感覺。每次看到小蘭跟她的狐狸朋友阿桶和阿籬聊天，每次在公園看到小人類跟大人類牽手，就會

有這種感覺。有時候晚上坐在大石頭上，仰望遼闊的夜空，發出深深的嘆息，也會有這種感覺。

　　有一天下午，阿德蜷縮在窩裡，聽到一陣音樂傳來。是彈吉他的聲音，接著是細微又清脆的歌聲，曲調柔和。

噢，哈囉，我的大朋友，
噢，哈囉，我的小密友，
最要好的朋友來到城裡，
我就不寂寞。

對我微笑，跟我牽手
你和我，一起歡笑、一起唱歌、
一起跳舞、一起蹦蹦跳跳
永遠不寂寞……

INTRO.

E.B.

阿德很快爬到窩外。

「原來如此！」他大叫：「原來我是**寂寞**！我需要朋友！」

他看著一隻蚱蜢，就是他在唱歌。

「小蚱蜢，你好！請問**你**可以跟我做朋友嗎？」阿德問。「你喜歡唱歌，我也喜歡唱歌，我們倆有很多共同點！」

「閃邊啦！」那隻蚱蜢一邊說著，一邊跳走了。

阿德的尾巴垂了下來，但是接著他搓搓手掌，至少現在他知道，心裡那種痛痛的感覺是什麼，那麼他就可以想辦法解決。而且，事不宜遲、立刻行動。

　　這時，他聽到垃圾桶傳來嘈雜聲。

「咕……咕……咕……

那裡有番茄醬嗎？」

「咕……咕……咕……沒有耶。

噢，美乃滋可以嗎？」

「好吧，也可以啦……

咕……咕……」

　　兩隻鴿子站在垃圾桶邊緣，啄出洋芋片碎屑、蘋果等等東西。

　　「你好！」阿德說。他看過這兩隻鴿子，其中一隻鴿子只有一隻腳，另外一隻鴿子戴著太陽眼鏡。

　　「走開啦！」獨腳鴿子說。

　　「我叫阿德。我認得你們喔！」阿德說。

　　鴿子瞪著他。

　　「我猜你確實認得我們，」戴著太陽眼鏡的鴿子說，「就是你姐姐把他的腳咬斷的。」

　　阿德臉紅了，「噢……對不起。」

「小子，你想幹麼？」獨腳鴿子說。

「呃，」阿德害羞了。「我看到你們在附近，而我自己在窩裡覺得有點寂寞，我是在想，呃……不知道你們願不願意跟我做朋友？」

兩隻鴿子都搖搖頭。

「小子，你在開玩笑是吧。」獨腳鴿子說，「我還想保住另外一隻腳，謝謝。」

然後他們跳起來拍動翅膀，飛到很遠很遠另一個垃圾桶去了。

「唉，好吧，」阿德拍拍自己的頭，「重要的是，至少你試過了。」

阿德正要編唱一首歌來表達這件事，卻看到公園長椅上停著兩個陰影。他們有鬍鬚！而且還有尾巴！阿德的鼻子因為害怕而抽動。**貓！**其中一隻正在吸食一罐不知道什麼東西，另外一隻正在舔自己的屁股。兩隻貓偶爾會停下來，發出長長的叫聲，聽起來很邪惡。

阿德低聲哀叫，想偷偷溜走。他抬起一隻腳掌，輕輕放下來……再抬起另一隻腳掌，然後——

「來來來！大家開趴嘍！」

是「趴踢烏鴉」夏倫，阿德不小心踩到他的腳。

「噓——」阿德要他小聲點。

「趴踢時間，開始！」

夏倫一說完就吹響小笛子，超級無敵大聲。

那兩隻貓驚跳起來，可怕的黃眼睛瞪著阿德。

「嘶嘶！」他們發出威脅的聲音。

「啊──」阿德大喊。

他那四隻毛茸茸的小腳，以最快的速度跑回窩裡。

小蘭跟她的朋友阿桶和阿籬在窩裡，他們在擠眉弄眼做鬼臉，用手機互相拍照。

阿德衝進窩裡，瞪大眼睛、喘個不停。

「你怎麼了？」小蘭問。

阿德指指後面，低聲哀叫、原地跳上跳下。

小蘭抓住阿德的耳朵慢慢的撫摸，直到他冷靜下來。

「ㄇ、ㄇ、ㄇ……貓！」他終於喘著氣吐出這幾個字。

「是**她**嗎？」小蘭高聲問。

阿德搖搖頭。

「好，那就不用怕！別的貓不會對你怎樣的。」

阿德嘆了一口氣，拖著腳步走到窩裡專屬他的角落。

小蘭對阿桶及阿籬使個眼色。她得和阿德談一談。

「等一下見，好嗎？」小蘭說。

「好，待會見。」阿桶說。

阿德蜷縮在角落，抱著一隻畫著笑臉的舊拖鞋，這是他還是狐狸寶寶的時候就有的。小蘭坐到阿德身邊。

「小蘭，媽媽和爸爸什麼時候會回家？」阿德問。

小蘭嘆了一口氣。

「阿德，我不知道。」小蘭回答，「他們沒有說。」

「但是……他們會回來的，對不對？我想知道他們長什麼樣子。」

小蘭沒有回答，只是凝視著虛空。阿德安靜坐著，聽著嘩啦嘩啦的雨聲，還有遠處轟轟作響的車聲。

過了一會兒，他又說話了

「小蘭，為什麼貓這麼討厭我們？」

小蘭用毛茸茸的尾巴裹住阿德。

「不是**所有的貓**都討厭我們，」她說，「只有其中幾隻。你知道為什麼吧？」

「是因為那隻很可怕的貓嗎？」阿德說。

「對，」小蘭說，「就是因為那隻很可怕的貓。」

第二章
那隻真的很可怕的貓

這是鈕扣公主。

她是一隻貓。一隻真的很可怕的貓。

傳說中，故事是這樣的。

好幾年前，鈕扣公主住在一棟豪宅裡。她的主人是個有錢的老太太，就算只是去巷口的雜貨店買寵貓喜歡吃的高級貓食，老太太也會打扮得漂漂亮亮的。老太太出門時都帶著鈕扣公主，用一個紫色的手提袋裝她，這樣珍貴的腳掌就不會弄髒。那時候，鈕扣公主的生活非常完美。

但是有一天，老太太吃一條酸黃瓜的時候嗆到了，救護車把她載走。鈕扣公主躺在老太太的緞面床單上哀鳴。過了好幾天，她終於確定老太太永遠不會再回來了。鈕扣公主必須自己在這個廣大又邪惡的世界裡討生活。

酸黃瓜

她在街上遊蕩，飢餓又茫然。

有一天她聞到一陣香味,「嗯——」鈕扣公主舔舔嘴唇。她快步走向那陣香味,本來以為會看到一家大百貨公司或是高級餐廳。但是她發現的是……

這家店絕對不高級，但是對鈕扣公主來說，看起來就像天堂。她衝進店舖旁邊的巷子，肚子咕嚕咕嚕叫。她爬上磚牆、翻過去，看到的是……

狐狸。好多狐狸。

狐狸撕開「馬上來炸雞店」一整天下來堆得
高高的垃圾袋，偷走袋子裡所有油膩又軟黏的
食物。鈕扣公主這才看清楚，那裡總共有
三個大垃圾桶，每個都像一輛小車那
麼大。貓、大老鼠、小老鼠、鴿子等
等也在四周竄來竄去，大嚼軟骨
及吃剩的口袋餅。鈕扣公主躡手躡腳
走過去，撲向一些吃剩的炸雞。噢，
好好吃啊！她從來沒有吃過這種東
西，才幾秒鐘就把炸雞啃得乾乾淨淨，只
剩骨頭。

「噢，那個可以給我嗎？」另一隻貓指著吃
剩的骨頭。

「什麼？」鈕扣公主屬聲說。

「你不吃骨頭嗎？」那隻
貓語氣溫和。

「不吃。」鈕扣公主向來只吃細緻可口的嫩肉片。

「太好了！」那隻貓就開始吸吮啃咬那些雞骨頭。

過了一陣子，那隻貓開心的說：「你一定是新來的吧。我叫賓果，很高興認識你！良心建議——可別浪費任何東西。這裡有足夠的食物，但只是剛剛好而已。你看，這裡有個制度的。」

然後他又專心嚼骨頭。鈕扣公主皺眉問：「你說的是什麼意思……什麼『制度』？」

賓果舔舔嘴唇，「喔，很簡單啦！這裡有三個垃圾車。狐狸吃藍色的，貓吃綠色的，老鼠、鴿子等等就吃紅色那一個。」

鈕扣公主皺起鼻子。

「你是說……大家要**分享**嗎？」她差一點說不出這兩個字。

「嗯——嗯！」賓果點點頭。

鈕扣公主覺得脖子上的毛都豎起來了。**分享？**她這輩子從來不需要分享任何東西。她低吼幾聲，皺起鼻子。這聽起來**根本就不對**，一定要好好處理才行。

接下來幾週，鈕扣公主在「馬上來炸雞店」，總是能占到多少就吞下多少。夜復一夜，她坐在綠色垃圾桶旁邊，等著一袋袋剩餘的食物送來，然後她就會發出**嘶嘶聲**威脅任何靠近者。她變得愈來愈油膩骯髒。很快的，大城裡大家都認得她是誰。

有天晚上她對其他貓說：「你們這些貓，為什麼這麼軟弱？你們讓那些骯髒的**狐狸**拿到最好的部分。」

有些貓喃喃表示贊成，但是很多貓還是繼續舔自己的屁股。

「我們貓族要為自己爭取權利！」鈕扣公主大聲叫嚷，現在她已經吸引到一小群貓聚過來。「我們眼睜睜看著那些狐狸，把最後一點點食物吃掉，已經太久了……」

正在舔屁股的賓果停下來，舉手提醒大家那個分享垃圾桶的制度，但是大家都沒在聽。

「該是時候奪回我們的垃圾桶！」鈕扣公主一邊大喊，一邊高舉貓掌拳頭。

　　大部分貓翻個白眼就慢慢走開了，但是有些在歡呼。

　　「奪回我們的垃圾桶！」他們喊叫著，「趕走狐狸！」

鈕扣公主等這群貓靜下來之後，圓滾滾的眼睛瞪著大家，然後低吼，「直到所有垃圾桶都是我們的，我們絕不罷手！」

　　那些貓歡呼得更大聲了，有些甚至拿著鐵罐互敲。

　　鈕扣公主咆哮：「開始作戰！」，然後怒啃一截香腸。

天哪！

她根本是個**惡夢**吧？為了幾個垃圾桶鬧這麼大。幾個月前，她連垃圾桶長什麼樣子都不知道呢！根本就是個**瘋子**。

第三章
關於熱狗麵包的劫難

　　壞脾氣的鈕扣老公主無法忍受任何狐狸，

不過她最討厭的狐狸是小蘭——

因為小蘭勇敢又聰明，而且完

全不怕她。鈕扣公主想方設

法趕走狐狸，有時候她能嚇

跑阿德，但是從來無法撼動

小蘭。這總是讓她氣得滿口

香蕉、芭樂。

嗨！

小蘭和阿德有一次在垃圾桶那裡碰到鈕扣公主，她拿爛香蕉狂丟他們。姐弟倆回到窩裡之後，小蘭說：「那隻貓超不正常的。她應該留在她的豪宅，而不是來這裡製造麻煩。」

　　「小蘭，她不會傷害我們吧？」阿德撥掉黏在身上的香蕉皮。

　　「有我在，她想都別想。」小蘭說。「但你不要自己單獨去垃圾桶那裡，知道嗎？」

這裡有很多很多
香蕉喔！

阿德是隻乖巧的小~~香蕉~~狐狸，他很聽小蘭的話。但是他胸口痛痛的感覺，沒有消失。尤其是小蘭在外面跟阿桶和阿籬一起追車子，而他孤單坐在窩裡凝視星星的時候。有一天晚上就是這樣，結果演變成一場災難。那晚他覺得無聊又寂寞……而且好餓。他真的好想吃熱狗，就算閉上眼睛，眼前還是出現很多跳舞的熱狗，唱著「來吃我、來吃我」。他呻吟一聲，拍拍肚子。就算是乖巧的小狐狸阿德，肚子餓了也沒辦法忍啊！

阿德躡手躡腳爬出窩到「馬上來炸雞店」，注意看是不是有鈕扣公主和她那群可怕的貓黨。他翻牆的時候，心臟跳得好快。確認前方沒有危險之後，迅速跑到狐狸的垃圾桶邊，坐在那裡看著一群老鼠在做運動。那隻獨腳鴿子正在啄食沙拉盒裡的食物，他的朋友在玩報紙上的填字遊戲。阿德看到大家似乎都有個朋友，除了他之外。此時鈕扣公主不見蹤影。

阿德把注意力轉向垃圾桶。有個袋子已經被撕開了，一堆香蕉皮上（阿德心想：嗯……）有一條肥美多汁的超大熱狗。阿德心想，嗯——看起來就像他夢中的熱狗那樣好吃，蓬鬆柔軟的白麵包裡夾著一條煙燻香腸，番茄醬和芥末醬快要滴下來。

他拿起這份熱狗，閉上眼睛張口一咬。

「呀啊啊啊啊啊啊！」

「呃──啊！」

阿德大叫。

往下一看，掌中那份熱狗麵包，夾的是一條
粗肥的貓尾巴。

天哪！
難怪那份麵包看起來
這麼蓬鬆！

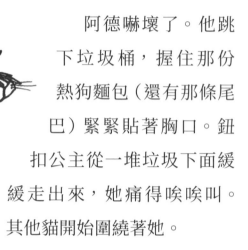

阿德嚇壞了。他跳下垃圾桶，握住那份熱狗麵包（還有那條尾巴）緊緊貼著胸口。鈕扣公主從一堆垃圾下面緩緩走出來，她痛得唉唉叫。其他貓開始圍繞著她。

「沒長眼的小子，這下你糟了！」其中一隻貓露出牙齒威脅阿德。

阿德的心臟跳得好快，覺得自己好像快哭出來了。

「是嗎？誰說的？」從陰影中傳出一聲低吼。

「小蘭！」阿德高聲叫喚。

小蘭、阿桶、阿籬來到阿德身邊，把他團團圍住。

「這是個意外！」阿德嗚咽著說。「我不知

道她在那裡！」

鈕扣公主已經顫巍
巍的站起來了。

「別說了！」她指著
阿德咆哮。「你死定了，
小狐狸。」

接著，所有事情快速發生。

小蘭對阿桶和阿籬使個眼色，
他們對她點點頭，接著小蘭一把咬住阿德的後
頸，一跳就跳過「馬上來炸雞店」圍牆。

「快跑！」

小蘭把阿德放下來時說。

他們跑呀跑、跑呀跑，跑回窩裡。

「我想，得要找別的地方住一陣子。」小蘭
喘得上氣不接下氣。

「不要！」阿德哭了。

挫折的小蘭踢走一個鐵罐，罐子碰到垃圾桶回彈，撞上一隻毫無防備的蝸牛。

「我們不能走！我們不是要等媽媽爸爸回來嗎？」阿德哭著說。「你說過，有一天他們會回來的！」

小蘭看著全身髒兮兮的弟弟，看著他一雙純真的棕色大眼睛，兩隻耳朵之間有一叢突出來的毛。看到他難過的樣子，小蘭好心痛，她嘆了一口氣。

「聽我說。我答應他們一定要保護你，但是我不知道如果我們繼續待在這裡，是不是還能安

全。阿德，你剛剛咬掉鈕扣公主的尾巴呀！」

「我不是故意的。」阿德啜泣著，撿起那條亂糟糟的尾巴抖一抖，「小蘭，這東西該怎麼辦呢？」

「就塞進包包啦！」小蘭不客氣的回話，揉著頭說：「鈕扣氣炸了，我們必須躲一下。快把東西收一收，她很快就會通知大城所有的貓，我們就沒地方躲了。」

「但⋯⋯但是，我們要去哪裡？」阿德嗚咽。

「我還不知道，我還在想。你可以留張紙條，萬一爸媽回來。可以嗎？」

噢，天哪，已經這麼**催人熱淚**了啊？

親愛的媽媽爸爸：

　　哈囉！我希望你們一切都好。如果你們讀到這封信，表示你們終於回來公園了。耶！但是，唉，我跟小蘭得要離開一陣子。那隻很可怕的貓一直欺負我們。剛剛我不小心咬夊她的尾巴，她真的很不高興。我不知道我們要去哪裡，但是如果你們發現這張字條，拜託請不要忘記我們。我會試著再寄信。我現在比你們最後一次看到我的時候更大了……應該吧。小蘭把我照夊得很好，所以不用擔心。

　　我愛你們

　　阿德

阿德背著背包，顛顛簸簸。他們艱難的往前
走，小蘭皺著眉頭、咬住下唇。她該不會是在擔
心吧，阿德心想，小蘭從來不擔心的。

這時候，有個東西打到阿德的頭。

「哎呀！」

是一個空汽水罐。

「啊，抱歉、抱歉！」阿德後面傳來一個聲
音。「我在這裡啦！」

阿德揉著頭，轉頭看。有一
隻咖啡色的毛茸茸的東西，蹦
蹦跳跳朝著他來。對方接近
時，阿德看到那是一隻老鼠。
更接近時，他看到那隻老鼠穿著
一件畫有笑臉的 T 恤。

「哈囉！」那隻老鼠友善
的伸出手掌，「我叫史凡！很
高興認識你！」

「呃……哈囉！」阿德對腳邊這隻喘著氣的胖胖老鼠揮揮手，「我好像在哪裡看過你？」

「沒錯，我都在『馬上來炸雞店』垃圾場做運動啊！」老鼠說，「我超喜歡健身。看我！」

那隻老鼠突然趴到地上，迅速做了三下伏地挺身。接著又做了幾下，速度明顯變慢，然後他花了很久很久的時間才能做完一下，但是阿德假裝沒有注意到這一點。

史凡終於做完伏地挺身了，起身對阿德說，「嘿，小狐狸，你似乎一直是個好孩子。」

「阿德！」小蘭停在前方步道一盞路燈下瞪著阿德：「快走啦！」

「剛剛我看到垃圾場那邊發生的事，我知道你們要藏起來一陣子。」史凡說，「所以，這個給你。」

小老鼠把一團皺皺的紙，塞到阿德掌中。

「這是什麼？」阿德問。

「地圖，」史凡說，「它能帶你去一個安全的地方，離這裡很遠，是一片美麗又神奇的森林。」

阿德的耳朵豎起來了。

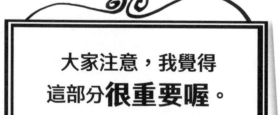

大家注意，我覺得這部分**很重要喔**。

「森林？真正的森林？有樹葉、草地、泥土這些？」

史凡微笑了。「當然啊，一座森林！裡面有各種動物，都是野生自由的，沒有壞心貓或垃圾桶之類的。完全就是狐狸應該住的地方！」

阿德蹦蹦跳跳。聽起來好棒！他一直都希望能像真正的狐狸那樣生活，在野外奔跑、挖掘，腳掌弄得髒髒的，還可以嚇嚇兔子。

阿德看看地圖。

「瘋狂森林？」他低頭看史凡。

「沒錯，」史凡的眼神恍惚迷懵，「瘋狂森林，我的家鄉。」

「那你為什麼會搬到大城呢？」阿德問。

史凡好像在做夢，眼神飄向遠方。

「為了愛。」他神祕的說，然後閉上眼睛對著空氣大叫：「貝琳達！為什麼？？？？」接著用手帕按按眼角。

「對不起，」史凡整理一下心情，「總之，你一定要去瘋狂森林！」

「你確定我們不會被吃掉嗎？」阿德說。

「不會啦！呃……會。我的意思是，不會。好吧，可能會。」史凡說。「首先，你必須找到一隻老鼠，他叫做聞樂舍。他知道我是誰。你就跟他說你是誰，然後你就會平安無事！呃，可能啦。」

「哇！」阿德說。「史凡，謝謝你。」

阿德彎下腰要握握小老鼠的手掌，但是史凡已經綁好他的溜冰鞋，往「馬上來炸雞店」揚長而去。

「小子，別擔心！」他回頭說，「祝你好運。記住，無論如何，一定要找到聞樂舍！再說一次，聞樂舍！！！」

第四章
聞樂舍之死

「噢，多麼美好的早晨！」聞樂舍拉開窗簾，對著窗外的世界綻開笑容。他覺得自己好像是世界上最快樂的老鼠。他剛吃了一頓早餐，是鬆餅加上發泡鮮奶油、切片香蕉，還澆上很多黃金糖漿。女朋友索妮雅昨天對他說她愛他。而且，他花了很久時間，終於完成一千片艾菲爾鐵塔的拼圖。樂舍看看鏡子裡的自己。

「看起來很不錯喔，樂舍！」他給自己比個讚。今天的頭髮超順的，對老鼠來說，這可不容易。

　　前門傳來「啪」一聲，樂舍注意到有一封信掉在門墊上。「真是興奮啊！」他欣喜的尖叫，因為收到信總是開心的事。「信，信，信！」他發出顫音，快步走向門墊。

　　「信、信、信。」他輕輕說著，撕開了信封。

　　他展開信紙，驚呼一聲。

恭喜！

聞樂舍先生：

　　你獲得一億三千萬台幣，完全沒有任何原因！只要拿這封信到瘋狂森林銀行給經理看，他就會立刻給你一綑、一綑的現金。快去吧，就是現在！謝謝，拜拜！

瘋狂森林銀行經理　　敬上

　　樂舍抓著這封信貼近胸口。今天真是他生命中最棒的一天啊！

　　他戴上最體面的帽子、穿上最棒的靴子，把這封信塞進背心口袋，打開他所住的紙箱的門，走進燦爛的陽光裡，深深呼吸一口新鮮空氣。

「我真的好愛住在最棒的瘋狂森林！」他說。「真是完美的一天！如此美好，絕對沒有什麼事會出錯的。」

他正要吹口哨吹出歡樂的曲調時，一隻大老鷹把他的頭給啄掉了。

噢。

第五章
詭異的「巨馬」

潘蜜拉（那隻大老鷹）飛回巢中，用手帕擦擦嘴喙。「噢，樂舍，」她說，「你就像我所希望的那樣美味。」她梳理羽毛，輕輕打個嗝，然後在她的打字機前坐下來，準備寫另一封詐騙信，送去給明天的受害者。

有一隻大貓頭鷹無聲無息飛下來，停在大老鷹附近。

「你這樣太壞心了，」法蘭克說。他有一張高貴的貓頭鷹臉，眉毛像粗大的毛毛蟲，「樂舍是個好傢伙。」

「鳥總是要吃東西啊！」潘蜜拉聳聳肩，「反正，我只吃掉他的頭，他還有手、還有腳啊，沒那麼糟吧！」

法蘭克正要反駁時，注意到附近不太對勁，怪異到他把心裡想的大聲說出來：「太奇怪了！」

樹底下的葉子堆裡，不知道有什麼東西在動。法蘭克飛到潘蜜拉旁邊，伸出腳爪按住潘蜜拉的打字機。

「潘蜜拉，你看，」他朝下點點頭，「下面有東西在動。」

橡樹下有一塊草地在動，好像地底下有個大東西正在往上挖。

潘蜜拉恐慌了起來。「是布拉提斯拉瓦的大地鼠！也可能是蚯蚓！蚯蚓終於大翻身了！我就知道總有一天會這樣！他們組成**蚯蚓大軍**，從四面八方聚集過來！！！」

*請注意，據我們所知，目前並沒有「布拉提斯拉瓦的大地鼠」
這種生物。

　　「潘蜜拉，冷靜。」法蘭克瞇起眼睛說。他
已經準備好飛下去發動突擊了。

　　突然，地面就像火山爆發，噴出一股泥土和
樹葉。

　　「蚯——蚓——」潘蜜拉大聲尖叫，而這根
本一點用處也沒有。

　　法蘭克看著兩個東西從地下爬出來。他努力
瞇起眼睛，但是沒辦法認出那是什麼神祕生物。

　　「我去把戴德斯找來。」他說完就飛到天上。

　　兩隻狐狸一邊喘著氣、一邊看看四周。他們
已經挖了好久好久，腳掌無力又痠痛。

　　「這裡就是了嗎？」阿德抹去眼睛旁邊的
泥土。

　　小蘭撥掉鼻子上的蚯蚓，又看看四周。

　　「嗯。」她說著，看看史凡的地圖，上下左
右轉了幾次。

　　「怎麼樣？」阿德說，「姐姐，那張地圖有
用嗎？我們找對地方了嗎？」

　　「嗯。」她又說了一次。

小蘭聞聞地圖。她覺得這張地圖很討厭，於是把它給吃了。

　　「小蘭！」阿德大叫。

　　「依我看，這張地圖不太對。」小蘭說。

　　兩隻狐狸花了一陣子觀察四周。阿德做了幾次深呼吸。這裡的空氣好不一樣。他聞不到汽車、人類或炸雞店的味道。而且有樹！這些樹盤踞在阿德小小的狐狸頭上方，好高好高啊！

　　「這些樹枝，看起來好像蜘蛛網，在天空中跳舞。」阿德雙掌互握、小小聲說。他想寫一首詩，正想跟小蘭要支筆，卻被小蘭拿著的手機敲到頭。

　　「該死的，收不到訊號！有夠爛！」小蘭大喊。「你的收得到嗎？」

「小蘭，我沒有手機啊！」阿德揉揉自己的頭，「你說要等我長大一點才可以拿手機。」

「喔，對喔。」她說，「嘿，你彎下腰。」

　　小蘭爬上阿德的背，把她的手機盡量舉高，揮著手機試試看能不能收到訊號。

　　突然，一陣呼嘯。

口休——

　　有個東西從天上飛下來，抓走小蘭的手機。

阿德迅速趴在一段倒木後面。

「喂！」小蘭大喊，「臭小偷！給我回來！」

但是，老鷹潘蜜拉（小偷就是她）開心的衝到天空中。她邪惡的咯咯叫了一陣，盤旋幾圈之後，消失在樹林裡。

阿德從倒木後面慢慢探出頭來。

「那是⋯⋯那是什麼？」他怯懦的說。

「一隻大鳥！」小蘭怒吼，「把我的手機拿走了。蠢得要死的笨鳥，他一定會後悔的！」

「我覺得我們應該去找聞垃圾了。」阿德說。

「誰？」

「就是老鼠史凡跟我們說的那個聞垃圾啊！他會告訴我們怎麼辦。」

小蘭怒了。「不需要任何人來告訴我們該怎麼辦。」她回嗆，「我們在一座亂糟糟的森林裡，前不著村、後不著店的。只要藏起來一陣子就好了。」

「但是，要吃什麼呢？」阿德說，「我聞不到這裡有炸雞店或是垃圾桶，或是快餐車。」

小蘭必須承認，弟弟說得對。她所知道的就只是大城，她會在擁擠吵雜的街道上求生，但是現在，小蘭覺得肚子怪怪的，感覺好像有台洗衣機在肚子裡安靜翻攪。

「小蘭，要不要吃一片薑餅？」阿德溫和的問，「我在背包最下面找到一些餅乾。」

「謝啦，阿德。」小蘭說。

「那這東西該怎麼辦呢？」阿德攤開鈕扣公主的尾巴。

小蘭哼了一聲。「無所謂啦，頂多拿來當帽子吧。」她說著，並打了呵欠伸伸懶腰。

兩隻狐狸躺在一段掉落地面的樹幹上，一邊嚼著餅乾，一邊沈思。

過了一陣子，阿德發出滿足的嘆息聲。

「姐姐，這裡好寧靜啊。」他們滿身是土，但是中午的熱度讓泥巴變乾了，黏在毛上的泥土片片掉落。

「我倒是覺得，太過安靜了啦。」小蘭說。

他們一整晚都在趕路，現在一躺下來就忍不住睡著了，睡得好沉好沉。

這時，貓頭鷹法蘭克已經飛越半座瘋狂森林，去找市長戴德斯。大家都不記得了，到底戴德斯為什麼會是市長，或是他怎麼當上市長的。不過，他年紀大又有智慧，而且大家都喜歡他。

到了戴德斯所住的露營車，法蘭克用嘴喙猛敲門，足足敲了十分鐘才聽到回應。

「**戴先生！醒醒呀！**」法蘭克高聲叫。

「喔，是法蘭克呀，『退』不起喔……」戴德斯口齒不清，一邊說、一邊打開門，眼睛半閉著，臉上黏著一小片紙，還有什麼正在往下滴。

「戴先生，抱歉把你吵醒了，」法蘭克說，「但是有一件嚴重的事。」

「喔，沒有、沒有，我不是在睡覺，我是在忙著寫……寫一些文件啦。進來、進來。」

「沒有時間了，」法蘭克說，「跟我來，我們有訪客。」

　　阿德睜開眼睛，第一個看到的東西，是一對毛茸茸的大鼻孔。

　　「啊！」阿德尖叫。

　　戴德斯（那對鼻孔就是他的）搖搖晃晃往後退。「對不起呀，小朋友，我不是故意要嚇你的。咦⋯⋯是誰爬到我頭上來了？」

　　小蘭一聽到阿德尖叫，立刻睜開眼睛，想都沒想就跳上戴德斯的鹿角上。「你！要挑就挑個跟你一樣大的⋯⋯你這隻『巨馬』！」她大喊。

　　戴德斯伸直身體，左右搖晃壯觀的鹿角，小蘭就像煎餅那樣被甩到空中。

　　「對不起，」戴德斯低頭看著她，「但是你弄痛我的角了。」

　　小蘭落地、四腳站穩之後，就開始大吼大叫。阿德躲在樹幹後面，閉上眼睛。

「走開！他只是個小孩！臭鼻孔不要湊到我們面前來。我們又沒有怎樣，你這個怪咖，滾遠一點！」小蘭狂吼。

戴德斯眨眨眼睛。

「小狐狸，你好啊！我叫戴德斯，很高興認識你。」

他伸出一隻蹄要握手。

「她絕對是兩個裡面比較喜歡吵架的。」法蘭克飛來停在戴德斯的鹿角上，往小蘭點點頭。

「喂！」小蘭叫，「鳥！是你偷走我的手機！」

「不是我喔。」法蘭克聳聳肩。

戴德斯抬眼看看他的老朋友。

「唉，真是的，又是潘蜜拉嗎？」他嘆了一口氣。

　　法蘭克無奈的點點頭，「她就是這樣我行我素，她的巢就像個垃圾堆，根本是個惡夢。」

　　阿德眼睛睜開一小縫，做個深呼吸。

「我叫阿德！」他從樹幹上探出頭來小聲說，接著顫抖的伸出一掌指著姐姐，「她是小蘭！」

戴德斯仔細注視兩隻狐狸。他們看起來又累又餓，全身髒兮兮，而且戴德斯聞得出來，他們來自大城。雖然這樣講有點無禮，但是老實說，他們身上確實有股臭味。戴德斯聞得出轎車、公車、炸雞、人類、垃圾桶、披薩盒的味道，他心想，這兩隻小傢伙一定是花了好幾小時才來到這裡。

「阿德、小蘭，」他又試著伸出鹿蹄來要握手。「歡迎來到瘋狂森林！我是市長，大鹿角戴德斯。」

「噢，小蘭，我們到了！瘋狂森林！那張地圖沒有錯！」阿德雀躍歡呼，他忘記害怕了，從樹幹後面跳出來。「我們正在找一隻老鼠，」他對戴德斯說，「他叫做……聞……嗯，垃圾……咦，怎麼了？」

64

法蘭克低頭看著自己的腳，表情怪怪的說：
「該不會是聞樂舍吧？」

「就是他！」阿德跳起來。「就是他！噢，
太好了、太好了！我們可以跟聞垃圾講話嗎？」

法蘭克不好意思的咳了一下，然後喃喃不知
說些什麼。

「欸？怎麼了，法蘭克？」戴德斯的大招風
耳豎了起來。

法蘭克嘆氣，「我是說……很抱歉，今天早
上，潘蜜拉把樂舍的頭咬掉了。」

「怎麼會這樣！」阿德說。

「還真是野蠻啊！」小蘭低聲吹了個口哨。

「噢，可憐的樂舍！」戴德斯驚呼，「他還
好嗎？」

法蘭克眨了幾下眼睛，「呃……不好。他
死了。」

「噢，怎麼會這樣！」戴德斯說，「噢，樂

舍是個開心的好傢伙啊。」

　　公鹿戴德斯低下頭，接著「轟」一聲，他擤鼻涕好大聲，而且還噴到經過附近的蝴蝶。

　　「我們得要好好安葬他。可憐的聞樂舍，他剩下來的身體在哪裡？法蘭克你知道嗎？」

　　「不，我不知道。」法蘭克小聲說，接著卻打了一個響嗝，他迅速用翅膀遮住嘴喙。

「小蘭，我們該怎麼辦呢？」阿德說，「他們一定會把我們吃掉的！」

「小狐狸，在這裡，大家不會吃來吃去的。」戴德斯和藹的說（這讓法蘭克又心虛的咳了幾聲）。

阿德哽咽。「有一隻老鼠叫做史凡，他給我們畫了一張地圖！我想給你看，但是……被小蘭吃掉了。總之，史凡說他的朋友聞垃圾會讓我們安全。但是……但是現在聞垃圾死了，我們沒有地方去了！」阿德用腳掌摀住臉，開始啜泣。

「阿德，退後！」小蘭斥責弟弟，然後兇惡的對戴德斯和法蘭克露出牙齒。

戴德斯看著這對髒兮兮的姐弟，他知道不必多費唇舌了。

「法蘭克，」戴德斯抬眼看著他的朋友、還有他的大利爪，「走吧。」

小蘭和阿德還沒來得及抗議，法蘭克已經展

開他那寬闊無比的翅膀，從戴德斯的鹿角跳下來，抓住兩隻狐狸的後頸，飛到空中。

第六章
狐狸窩

「啊——！」

法蘭克往上直衝，越過高高的針葉樹樹頂，兩隻狐狸在法蘭克的大爪子裡前後搖晃。有一度他們甚至穿過雲層，身上的毛因此又溼又冷。

砰。

法蘭克把狐狸放到地上。

「抱歉了，」戴德斯輕輕鬆鬆從樹叢中踱出來，「要把你們帶到這裡，這是最快的方式。」

小蘭聞聞空氣。

「我聞到……」她低聲說，「狐狸的味道！有其他狐狸。他們在哪裡？」

「噢，你真聰明。」戴德斯說，「沒錯，以前瘋狂森林裡有幾隻狐狸，不知道現在去哪裡，但是他們的窩還在。你們就先住進這個窩，免得被別的動物當成度假屋。」

「潘蜜拉正在考慮把她的泡腳盆搬來這裡存放呢！」法蘭克一邊檢查腳爪，一邊喃喃說著。

「那麼她得去找別的地方了。」戴德斯說。「噢，差點忘記──我順道去我家拿了一些點心給你們！」

他遞出一個柳條籃子，裡面堆著各式各樣看起來好好吃的東西。

「哇！」阿德突然覺得好餓，都忘記害怕了，「謝謝你！」

他蹦蹦跳跳去看那些食物，有三明治、蘋

果、蘿蔔、葡萄、甜麵包。小蘭的肚子餓得咕嚕咕嚕叫，大家都聽得到，但是，她沒有靠近那個籃子，而是對戴德斯和法蘭克皺著眉頭。

「我們沒辦法給你任何東西交換那些食物。」她說。

「你不用給我任何東西。」戴德斯溫和的說。他退後幾步，「法蘭克，走吧，讓他們安頓一下。」法蘭克那圓滾滾的眼睛，視線從狐狸身上移開，跟在戴德斯後面飛走了。

小蘭轉頭一看，阿德已經一頭栽進籃子裡，肚子露出來、尾巴懸在籃子外面，傻呼呼的狼吞虎嚥起來。

「讓開。」小蘭把阿德擠開一點，瘋狂的向籃子進攻。

過了大約五秒鐘，兩隻狐狸躺在地上喘氣。他們連最後一點點食物殘屑都掃光了，實在是太好吃了！

噢，我也好想吃
甜麵包啊！

「小蘭，」阿德揉揉毛茸茸的肚子，「我想他們是好意，對吧。」

「沒有誰會平白無故對別人好。」小蘭一邊說、一邊舔掉黏在毛上的三明治碎屑。

阿德想了一會兒。「但是那隻巨馬說，我們不用給他任何東西。」

「他只是要安撫我們而已，」小蘭說，「那隻笨鳥偷走我的手機，記得嗎？還有，他不是馬。」

「那他是什麼？」

「我認為他是一隻馴鹿。」

哈囉！
正確的說，戴德斯是一隻公鹿。

「會是誰住過這裡呢？」阿德把背包往地上一丟，四處聞一聞。

小蘭拿了一條毯子掛在窩上面，隔出兩個空間。「你睡這裡。這條簾子後面就是我的地方，懂嗎？小男生不可以進來。」

阿德對她皺皺鼻子。說得好像他有多想去小蘭那邊似的。阿德喜歡整潔，他開始打掃地面，然後從背包裡拿出東西。鈕扣公主的尾巴，他還是不知道該怎麼辦。那條尾巴就像提醒他們曾經歷的那場窘境。

小蘭醒來之後，完全忘了自己在哪裡。有一隻蚊子在咬她的胳肢窩，她才想起自己在鄉下。

「小狐狸，起床嘍！」窩外突然爆出一個聲音，「快遞來了！」

小蘭爬到窩外，看到法蘭克從天而降，大爪

子抓著兩罐綠色的濃稠液體，看起來很陌生。

法蘭克宣布：「這是新鮮製作的蔬果汁。」

小蘭拿了一瓶聞一聞，接著整罐倒進嘴裡，不到幾秒鐘就喝完了。

「不客氣喔。」法蘭克說。

小蘭用掌背抹抹嘴巴。「謝謝。」她悶哼著說。

「要謝的不是我，笑臉兒。」法蘭克說著，展開他寬闊的翅膀。

小蘭又悶哼一聲，看看瓶身。

「我不知道他為什麼這麼麻煩，」法蘭克突然說，「那隻公鹿，他實在是樂善好施。你弟弟呢？」

大鹿角
精力湯

小蘭揉揉眼睛，胸口一緊。阿德在哪裡？

「阿德！」她大叫，「阿德！」

她衝回窩裡，再確認一次阿德不在窩裡。她又衝出去，在原地轉圈圈，想要聞出他的味道。難道是鈕扣公主找到阿德了嗎？萬一是她綁架了阿德呢？

「阿德！」小蘭大叫。

「小蘭，早安！」附近一叢雛菊中傳來清亮的聲音。

「啊啊啊啊！」小蘭一邊喊、一邊跳到阿德頭上，好像要保護他不要被炸到似的。

「小弟弟，要不要喝蔬果汁呀？」法蘭克揚起眉毛，看著腳邊擠成一團的狐狸。

「噢，我要，謝謝！」阿德從小蘭下面鑽出來，一口氣把果汁喝光。

「阿德，不要自己亂跑！」小蘭喘著氣說。

「姐姐，對不起。我只是四處探索一下。」

小蘭對他大吼：「我們要**藏起來**耶，你還記得嗎？」

「哎呀，這小弟弟真可愛，」法蘭克從他的腳爪裡撿出一隻早餐吃剩的小蟲，「瘋狂森林裡有很多可以看的喔，小阿德。」

小蘭正要說些氣話，有一個神祕的東西飛過他們頭上。

早餐蟲

「跳～樹～啦～！」

小蘭又撲到阿德身上把他罩住。

她抬頭看到一隻穿著緊身衣的松鼠，啪一聲貼到一棵樹幹上。

法蘭克飛過去幫忙，把那隻松鼠從樹幹上解下來。「多莉，你愈來愈會降落了喔！」他對那隻松鼠說。

「法蘭克，謝謝你！」多莉吱吱叫，揉揉頭之後跳下來。

法蘭克呵呵笑，喃喃的說：「跳樹季節一開始，總是會有幾隻撞到樹。」

「什麼？」小蘭說。

「跳樹。」法蘭克好像認為這幾個字就足以說明一切。

「噢！」阿德蹦蹦跳跳，「真是興奮呀！」

「謝謝你的飲料，」小蘭趕緊對法蘭克說，以免他再多說什麼跳樹之類的事。「現在，抱歉我們得要藏起來了。」

她竭盡所能的哼了一聲，然後拉著阿德回到窩裡。

「唉，小蘭，」阿德嘟囔，「我想去探險！」

79

「你什麼時候這麼喜歡探險了？」小蘭說。

「自從我們到這裡之後！」阿德說，「小蘭，這裡很安全，比住在大城還要安全一百萬倍。在鄉下不會發生什麼不好的事！」

小蘭指著鈕扣公主的尾巴，她已經把尾巴釘在牆上。

「阿德，這就是為什麼我們會在這裡。我們不是來度假的。現在，乖乖待在你的窩，不能離開我的視線，知道嗎？我不希望你的頭像那個什麼聞垃圾的被啄掉。」

「好啦。」阿德不高興的回話。他拖著腳步走向他的床和心愛拖鞋。外面感覺那麼清新又興奮，他很不喜歡困在窩裡。他想認識別人，而且，說不定能交到**朋友**。

他躺在床上，寫了一首關於寂寞的悲傷的詩，而小蘭在練習武打招數。

　　好幾小時過去了，外面的光線漸漸變化，白天一點一點消逝。小蘭練武累了，她打起瞌睡，正合阿德的心意。阿德睜大眼睛看著她，確定她熟睡而且還小聲的打呼，於是做個深呼吸，慢慢爬出窩……

　　阿德把頭探出去那一瞬間，深深聞了一聞。哇！感受到好大衝擊，鼻孔裡湧進各種新奇的味道。花！葉子！螞蟻！蕁麻！鳥糞！

　　他到處閒晃，腳掌滑過長草叢。地面就像一片野花織成的地毯，有細緻的雛菊、金黃色的毛茛、有垂頭的長莖蜀葵。阿德到處蹦蹦跳跳摘了許多野花，不時把頭埋進花瓣裡，深深吸進愉快的氣味。他覺得好開心，決定寫一首歌。

阿德的小花之歌

噢
輕輕搖晃的花兒
這麼嬌羞，這麼甜美
各種美麗的顏色
你的花瓣　這麼整齊

真希望我是蜜蜂
就可以坐在你的花冠裡
但我不是蜜蜂
我只是一隻狐狸
所以我就把你摘下來了

啦、啦、啦、啦～～～～
嚕、嚕、嚕、咧嚕～～～～

「喂！閉嘴啦！」有個非常生氣的聲音說。

砰。

不知道是誰，往阿德頭上丟了一顆橡果。

阿德揉揉鼻子，抬頭看。

是一隻小兔子，那是他這輩子看過最小隻、最可愛、最毛茸茸的小兔子了。

那隻兔子又對阿德丟了一顆橡果。

「哎呦！」阿德說。

「我們還在睡覺呢！」那隻小兔子提高音調說，「安靜點！」

「對不起，」阿德說，「我只是……」

「我不在乎啦！」

那隻蹦蹦跳跳的小兔子，搖搖她的潔白尾巴、皺皺鼻子、抽動鬍鬚。

「噢，」阿德說，「你好可愛喔！」

「你～說～什～麼！」

那隻兔子開始對阿德拳打腳踢。

「我（揍）……才沒有（再揍）……可愛（揍揍揍）！」

「好啦，好啦！」阿德抱著頭懇求這隻狂暴的絨毛小東西。最後小兔子終於收手，她看著阿德，若有所思，「不過，其實你的歌還蠻好聽的。」

阿德雙掌互握。

「噢，謝謝你！我剛剛編的。我一直在編歌曲。」

兔子伸出絨毛腳掌。「我叫小柳。你本來不是住這裡的吧？」

「不是，」阿德也伸出他的腳掌，「我叫阿德。我姐姐和我是昨天才來的。那個好大隻的馬帶我們來這個窩，他說我們可以待在這裡。我剛剛在摘野花，我想用來裝飾我的臥室。你看！」

小兔子禮貌的聞一聞阿德手上剩下的花，不過在小柳拳打腳踢之後，這些花看起來狀況不太好。

　　「抱歉，剛剛那樣踢你。」小柳說。

　　「沒關係。」阿德開心的說。

　　「要不要來玩？」小柳問。

　　阿德的心猛跳了一下⋯⋯但是就在這時，他聽到一陣狂吼，聲音之大，讓他的耳朵都快貼平他的頭了。

　　「阿德！」

　　「喔哦。」阿德尾巴垂下來了。

　　小蘭衝到阿德和小柳站著的那塊草地上。

　　「哈囉！我是小柳。」小柳伸出手。但是，小蘭完全不理她。

　　「我不是跟你說過不准離開窩嗎？**馬上給我回去！**」她巴了一下阿德的耳朵。

　　「哎呦！我只是想摘一些花來讓我們的地方

漂亮一點嘛！」阿德懇求。

　　但小蘭不管，她銜起阿德後頸，往他的屁股一踢。阿德凌空飛過，漂亮降落在狐狸窩裡。

　　「射門，得分！」小柳大喊。

　　小蘭轉身，皺眉對著那隻小兔子說：「走開，離阿德遠一點。我們不是來這裡交朋友的！」

　　小蘭轉頭就走，小柳瞇起眼睛。

　　「哼，我們走著瞧！」小柳氣呼呼的說，帶著堅決的神情跳走了。

第七章
森林導覽

　　小柳不喜歡別人告訴她要做什麼，尤其說這話的是小蘭這樣脾氣不好的狐狸。

　　隔天，小柳躲在長草叢裡，等法蘭克再送來大鹿角精力湯。

　　「早安，小柳。」法蘭克說。

　　「你怎麼看得到我？」小柳忿忿不平。

　　「來了新訪客，你很興奮吧？」法蘭克微笑說。

小柳把鼻子湊近法蘭克的嘴喙，拳頭捏得緊緊的，看起來相當認真。

　　「我一定要讓那隻小狐狸變成我最好的朋友。」她咬牙切齒。

　　法蘭克噗哧一笑，「小姑娘，我絕對不懷疑！若能有你這個朋友，那是他的福氣。」

　　小柳轉身做了一個雛菊花圈，把花圈套在其中一瓶精力湯，然後對法蘭克擠眉弄眼，又跳回長草叢裡躲起來。

　　「小狐狸，起床嘍！」法蘭克叫。

　　這次是阿德從窩裡出現，「法蘭克，謝謝你！噢，看來今天天氣也很好。」

　　「你們倆又要待在窩裡了嗎？」法蘭克問。

　　「小蘭哪裡都不讓我去。」阿德指著窩裡，小聲的說，「她擔心我會被攻擊或被綁架之類的。」

　　這時，阿德看到那串雛菊花圈，「噢！噢，

天哪，好漂亮！」阿德把花圈套在手腕上。

「你有個愛慕者喔！」法蘭克對長草叢那裡點點頭。

「謝謝你！」阿德不敢太大聲，「真的非常謝謝你！」

那對耳朵動了一動。

這時，小蘭爬到窩外，拿起果汁一飲而盡。

「這地方有沒有咖啡啊？」她喃喃抱怨著。

法蘭克看看阿德，接著又看看小柳，她還是藏在草叢裡。

「你說咖啡嗎？有的，我知道一個地方有咖啡，」法蘭克說，「我帶你去吧？」

小蘭的耳朵立刻挺起來。「好。」她說，「阿德，走！」

法蘭克轉轉頭，咳了幾聲。「呃，抱歉，弟弟得要留在這裡。他還小，不能去我們要去的地方。」

阿德的尾巴稍微垂下來。他一直希望能去探險，一下下也好。不過他注意到草叢裡那對耳朵興奮的上上下下。阿德看看法蘭克，這隻貓頭鷹的眼睛閃著淘氣的光芒。

「阿德，你會乖乖的吧？」小蘭說，「你待在這裡，我去去就回來。如果讓我發現你離開窩，那你就有麻煩了……」

「噢，好的，小蘭，沒問題！」阿德開朗的說，「你去喝你的咖啡。去多久都行。」

法蘭克對阿德眨眨眼，然後開始滑翔離開狐

狸窩，小蘭跟在他後面快跑。

　　確認四處淨空之後，小柳從長草叢跳出來。

　　「耶！」她說，「現在你可以去玩了嗎？」

　　阿德點點頭，上下蹦跳，「可以噢！太好

了！」

嗨，大家好！我想說一句，我真的很喜歡小柳這個角色。她應該**很有趣**！而且他們要去遊覽，我覺得很興奮。你想他們會不會吃點心呢？會不會有禮品店可以買到大鉛筆？真希望有。總之，現在該回到故事裡了。

阿德知道他這樣有點調皮，但是以前沒有誰想跟他玩。他只要確定能比小蘭早一步回到窩裡就好。

「要不要我帶你好好逛一圈瘋狂森林？」小柳雙掌交握。

「那太好了！」阿德說。

「我們馬上出發！」小柳突然有一種慎重的感覺。

「瘋狂森林是在好幾億萬年前被發現的，」
小柳開始說，「當時所有東西都是黑白色，人類
還沒有被發明出來，到處都是恐龍，他們有汽車
和銀行帳戶。」

　　阿德快步跟在她後面。小柳聲音宏亮、煞有
介事，而且邊說邊指，好像在指揮管弦樂團那樣。
她站在一個土堆上，指向一個小池塘。

「據說這個小池塘是瘋狂森林裡最古老的地方，」小柳說，「我們叫它……**小池塘**。」

　　阿德看著小池塘，那確實是個池塘，也真的挺小的。水是混濁的，而且還有幾個購物推車倒插在池塘中間。一隻鴨子坐在購物推車上，她看起來非常憤怒。

　　「那是英格麗，」小柳說，「她不喜歡被打擾。」

　　「**呱呱呱呱！**」英格麗生氣大叫。

「她是怎麼拿到那些購物推車的呢？」

「我們不問這個，」小柳悄聲說，「但是每幾個月就會來一台。她也會從推車上的小孔拿出硬幣，不管硬幣卡得多緊，她都能拿出來。據說她是百萬富婆喔！」

「真的嗎？光靠偷購物推車裡的硬幣，就能變成百萬富婆？」阿德笑得有點太大聲。

「**呱！**」英格麗大叫，聽起來她現在真的非常非常生氣。「**我就是**百萬富婆！你要知道，我在東京、阿布達比、紐約擁有好幾間旅館！」

「英格麗，對不起！是我，小柳啦。他是剛搬來的。」

那隻鴨子站起來，搖搖屁股。阿德注意到池塘裡還有其他鴨子，站在他們各自專屬的推車上打盹，那些推車都已經變形而且生鏽了。

「我以前可是個大美女，」英格麗大叫，「我演過電影的！」

「哇，你好厲害喔！」阿德說，「有哪些電影？我可能聽過哦。」

英格麗鼓起她的羽毛，「這個嘛……我演過《玩命狂飆 3》一個小角色。電影裡有幾秒鐘，你可以看到我在公園裡，划水經過一個正在吃甜甜圈的警察。」

「哇，真棒！」阿德說。

英格麗有點害羞的微笑了，「謝謝你，」她優雅的說。接著她凝視著阿德，繼續說，「小柳，等一下排演的時候，你一定要帶這個男孩過來。我們不能浪費那張臉。」

「好的！」小柳興高采烈。

「排演？」阿德問，「排演什麼？」

不過小柳已經拉著阿德的腳掌把他拖走，離開這個臭臭的池塘。沒多久阿德發現自己走在一條開滿水仙花和雛菊的步道上，最後到了一塊草地，遍地都是絕美的藍鈴花。

「這就是我住的地方。」小柳燦笑。

這裡，遍地**都是兔子**。

「在瘋狂森林的這裡，
我們叫它『兔兔村』。」小柳
說，「但是，大家都不知道為
什麼。」

「呃，」阿德說，「是不是因為這裡
是兔子居住的村莊呢？」

小柳沒回答。她表情神祕看向遠方說：
「大家都……不知道……為什麼……」

突然，傳來一陣低沉的隆隆聲，響徹整個森
林，連樹葉都被震得掉下來了。

「喔——哦，」小柳說，「**快跳開！**」

她撲向阿德，雙雙滾進草叢裡。

噗——噗——噗——噗——！

「車要

開過來了！」

阿德吃了一驚。有一輛好大的敞篷車從他們身邊開過，開車的是一群狂野的獾，他們以最大的音量高聲笑鬧。其中一個拿著綠色大瓶子豪飲，另一個高舉一件像是破舊的紅褲子，在頭上不停繞圈。

其中一隻獾大喊：「抱歉啦，小姐！」車子呼嘯闖進樹林，「我們不想造成任何傷害！」

「晃頭，你要看路啦！」小柳大叫，她非常氣惱。

不過小柳的聲音根本沒被聽見，因為這些獾大按喇叭「叭──叭──叭──叭叭叭叭叭叭──」

「一群痞子！」小柳一邊氣呼呼的說、一邊拍拍身上，小心取下黏在腳掌的蕁麻葉。

小柳帶阿德離開兔兔村，往森林深處走。阿德不停仰望大樹，脖子都痠了。他從來沒看過這麼多樹。這些樹木碩大張狂，枝椏就像巨爪，在

他頭上往四面八方伸展。仔細看，還可以看到許多小小的深色身影在枝幹之間飛快穿梭。

「那些是什麼呀？」他小聲的說。

「松鼠啊，你這傻瓜。別說跟我說你沒看過松鼠。」

阿德是看過松鼠，但是這些松鼠不太一樣，他們好像戴著小安全帽、穿著披風。

「他們在做什麼？」阿德問。

「跳樹啊。」小柳一副理所當然。

「跳樹？」這兩個字聽起來有點熟悉，阿德想起，法蘭克也提過。「什麼是……」

「跳樹讓他們很忙，但是很有用處，尤其是因為松鼠大戰。」

「松……松鼠大戰？」阿德皺起眉頭。

「『瘋狂森林松鼠大戰』恐怕永遠不會結束,」小柳嘆了一口氣,「真討厭。這個地方到處都是陷阱。上星期我不小心聞到一顆橡果,就被網子絆住一整個下午。總之,我們走吧,瘋狂森林還有一個很棒的東西,我帶你去看!你絕對不會相信自己的眼睛。」小柳立刻動身,前往這趟遊覽的下一站。

哈囉，大家好。
在此為您獻上

圖解簡史

松鼠大戰

1800 年：第一批紅松鼠在瘋狂森林定居。

1800 年（大約半小時之後）：第一批灰松鼠在瘋狂森林定居。

1845 年：伊森（紅松鼠）不小心偷走肯尼（灰松鼠）的浴巾。他們共用同一條晾衣繩。

1845 年（那天下午）：肯尼把伊森的茶包藏起來。

1867 年：小松鼠們被教導 1845 年那次可怕的「浴巾事件」，以及接下來的「茶包起義」。

1867 年──1998 年：多次鬥毆。

1998 年：歐文（紅松鼠）和蔻蔻（灰松鼠）結婚，這次聯姻使兩邊松鼠和平相處。

1999 年：凱莉（灰松鼠）拒絕讓衛斯理（紅松鼠）停車在她的樹前面。

1999 年至今：戰爭持續，但主要透過舞蹈及跳樹這兩項活動。

松鼠祖宗

第八章
戴德斯的咖啡

　　戴德斯的家是一輛露營車,他坐在露營車外一張小桌子邊。戴德斯經常在這裡舉行重要的市政會議,入夜之後他也會在這裡跟法蘭克玩牌。不過現在只有他,對著一張紙,搔著鼻子陷入思考。他要寫一本書,書名是《一隻公鹿的回憶錄》,他動筆已經大約三年了。

　　「好!」他削尖鉛筆,閉上眼睛、輕輕哼了起來,然後有模有樣的咿咿啊啊,接著又哼了一

陣子。他嘆了一口氣，拿筆用力敲了一下頭，接著「哈！」寫下幾個字。就這樣重複一次又一次，每次「哈」都比前一次大聲。經過大約一小時，他放下筆，大聲吐出長長的「噯！」然後抹抹他的眉毛。

七月一個
美好的早晨。

「九個字！今天寫得不錯。」戴德斯自言自語，安穩坐進椅子裡，他認為值得睡個午覺。正做著美夢，夢裡是某年夏天在義大利摘水果，這時門鈴響了。

「我帶訪客來了，」法蘭克說，「顯然，如

果有咖啡，她會很振奮喔。」

小蘭哼了一聲。

「噢，你好！你好！」戴德斯從扶手椅上一躍而起，互擊腳蹄。「咖啡愛好者是嗎？我真的非常喜歡咖啡的味道，但是如果我喝下去，咖啡會在我體內作亂，對我的肚子絕對是個災難。不過我知道法蘭克喜歡喝咖啡，所以我都會準備著。好啦，狐狸小姐，請坐吧。」

小蘭一屁股坐下，法蘭克在露營車裡忙碌。

沒多久，法蘭克出來了，爪子抓了一個破舊的壺、幾個生鏽的鋼杯、一個紅蘿蔔蛋糕，還有一些餅乾。他把這些東西擺在小蘭面前，倒出熱咖啡。

小蘭深深一聞。哇，好香！她一飲而盡。

「還有嗎？」她舔舔嘴唇。法蘭克瞇起眼睛，再倒一些咖啡給小蘭，接著他停棲在露營車頂，拿著自己的杯子慢慢啜飲。

「所以，你是從大城來的嘍？」戴德斯說，「我一直都想去大城走走。我聽說甜甜圈店的事，那是真的嗎？」

「怎麼了？」

「呃……只是覺得，世界上竟然有這種美妙

的殿堂！真的有淋滿巧克力的甜甜圈嗎？還有彩虹糖粒？」

小蘭這次喝得比較慢了。

「是啊。甜甜圈是一打一打賣的。那些東西不錯啊。」

戴德斯呻吟了一聲。「真是美好啊，」他舔舔嘴唇，「能讓你離開大城的黑暗力量，一定很嚴重。」

咖啡開始在小蘭身上發揮作用，她渾身愉悅的顫抖著。她放鬆的坐進椅子裡。

「有一隻貓，叫做鈕扣公主。她很壞。她想把我們狐狸全部趕走，這樣她就可以把『馬上來炸雞』的垃圾桶全都占為己有。」小蘭說。

「馬上來炸雞？是哪隻可怕的鳥類呢？」戴德斯思考了一下，「為什麼他要殺你呢？」

「不是啦，是那隻貓要殺我們。不是雞。」小蘭急促的說。

「會開殺戒的雞，」戴德斯喃喃自語，完全沒聽到小蘭說什麼，「你們好可憐啊！」

我知道他有點老番顛了，但是我真的忍不住喜歡這傢伙。

戴德斯挺起胸膛，「你跟你弟弟在這裡是安全的，那些殺手雞不會傷害到你們，」他和善的說，「這是我戴德斯的保證。」

小蘭嘆了一口氣，仔細看看戴德斯。他有一副仁慈的眼睛，壯觀的鹿角和一開一闔的鼻孔。還有，他顯然是頭腦不清了。

「不是雞啦！」她又說了一次，「唉，總之……只要鈕扣公主還在，我們就不能回大城。」

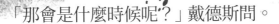

「那會是什麼時候呢?」戴德斯問。

「我不知道。」小蘭說,「我朋友說,只要安全了,就會發訊息告訴我。但是那隻大鳥把我的手機拿走了,不是嗎?」

小蘭想起那件事就生氣,握拳敲一下桌子,把一個蛋塔震得飛出去。

「嗯,沒錯,」戴德斯把蛋塔從他耳朵上拿下來,放進嘴裡。「潘蜜拉把你的手機偷走了,我真的很遺憾。」

這時候,一輛巨大的吉普車打破寧靜,衝進樹林裡。

噗,噗!

「車要開進來了!」

獾的吉普車,上下跳動著衝過來,經過戴德斯的露營車之後,用力撞上一棵橡樹。

「哎呦！」那
棵樹說。

法蘭克展開翅膀生
氣的撲了幾下，口不擇言
的吐出幾句貓頭鷹髒話。

「天哪！」戴德斯抓著餅乾
貼胸。

那輛車子被翻滾的煙塵包圍。

「％＃！＊～」駕駛是一隻打了
學校制服領帶的小獾。

小蘭率先靠近吉普車，她走到駕
駛座的車門邊。

「還好嗎？」她說。

「＠＃＊＆……」那隻獾說。

小蘭幫他脫身。那隻獾打
了五次噴嚏，甩甩頭。

「晃頭！」戴德斯說，

114

「你到底在想什麼？」

「『花』生什麼事了？！」
晃頭說。

「你撞到一棵樹。」小蘭說。

「噢，慘了！」那隻獾看起來相當
震驚，「莫第會殺了我！」

戴德斯跟小蘭幫晃頭把車子拖離樹
幹。引擎蓋撞凹了一大片。小蘭從各角度看
過一遍，然後跳上引擎蓋，在上面跳了兩下，引
擎蓋就被弄平了。

「你……你是怎麼做到的？」晃頭驚嘆。

小蘭聳聳肩，「我來的地方有很多車子。」

「我的救星啊！」晃頭大喊，伸出手臂摟住
小蘭，而小蘭立刻把他推開。

「你是誰呀？」晃頭問，眼睛裡閃著驚訝及
好奇。

「她是最近才加入我們的喔！」戴德斯燦

笑。「她和她的弟弟才剛到瘋狂森林。是不是啊，小蘭？」

「是啊。」小蘭說。她突然覺得有點害羞，低頭看著地上。

晃頭拍拍自己的前額，「啊，當然當然！你就是跟小柳在一起的狐狸嘛。我們剛剛開過你們旁邊。」

小蘭皺起眉頭。「不會吧，」她說，「我是直接從窩裡過來的。」

法蘭克定住不動。

「嗯……」晃頭摸摸自己的領帶，仔細想，「仔細想想……那隻狐狸有一對夢幻的大眼睛，而且耳朵好像沒有像你這樣亂……那就對了，你說的沒錯，那不是你。是我弄錯了。」

小蘭抬頭看向法蘭克。他似乎有點心虛，「噢，不要這樣啦，

你就讓弟弟出去玩一下嘛！」法蘭克說，「他在這裡不會有危險的。」

小蘭氣炸了，「你又不知道！」她大叫。

「嘿，大家輕鬆一下，來吃點蘿蔔蛋糕吧。」戴德斯說。

小蘭伸出腳掌生氣的指著法蘭克，「你真的知道阿德要跟那隻小兔子偷偷溜走？好，現在你要幫我找到他！」

法蘭克飛下來停在戴德斯的鹿角上，展開寬闊的翅膀，大家都被那龐大的陰影覆蓋了，「我想，有人忘記禮節了吧。」

砰。

一隻毛茸茸的松鼠突然在上空飛過，就像長了毛的子彈一樣。

小蘭搖搖頭，轉身重重跨步走進樹林中。她打定主意了，瘋狂森林真的很瘋狂，她要去找阿德，把他拖回窩裡，坐在他頭上。這地方怪透了，她等不及要離開。

　　看著小蘭大步走掉，戴德斯覺得有點難過。

　　「連紅蘿蔔蛋糕也沒有拿一塊，」戴德斯嘆氣，「這下子我得要自己全部吃掉了。」

　　「她讓我想起那位。」法蘭克雙眉揪在一起，變成像在皺眉頭。

　　「沒錯，」戴德斯點點頭，「我也想到了。」他一邊嘆氣，一邊把蛋糕塞進嘴裡，鼻吻沾上好多糖霜。

第九章
瘋狂森林劇團

　　小柳帶阿德爬上一座大山丘，喊著：「就快到了！」他們從一叢銀樺樹之間冒出來，小柳開始蹦蹦跳跳，指著天空。

　　「**你看！**那就是『神奇塔』！」她引以為傲。

　　阿德抬頭看。那是個高壓電塔，發出輕微的嗞嗞聲。

　　「你看過這種東西嗎？」小柳中氣

119

十足、跳上跳下，「據說它能給瘋狂森林**神奇的力量**！」

其實，阿德這輩子看過許多高壓電塔。他大可以對小柳說，電纜裡流動的是電力，就是人類用來看電視、手機充電、燈泡所使用的電。但是阿德是一隻溫和又有禮貌的小狐狸，所以他只說：「沒看過耶。好神奇啊！」

這時，有一條長長的黑色電纜開始在空中搖擺，就像用義大利麵做成的手臂那樣，伴隨一陣陌生而刺耳的噪音。

「快趴下！」阿德撲向小柳一起趴到地上，用尾巴護住他們倆的頭。

「傻瓜，那是老鷹。」小柳說，「那是潘蜜拉。她有時候喜歡嚼電線，她說那能讓她『充滿活力』」。

「但是……但是那樣她可能**會死掉的**！」阿德高聲說。

「沒錯，」小柳點點頭，「但是潘蜜拉是一隻
固執的鳥，她希望能感受到『神奇塔』的力量。」

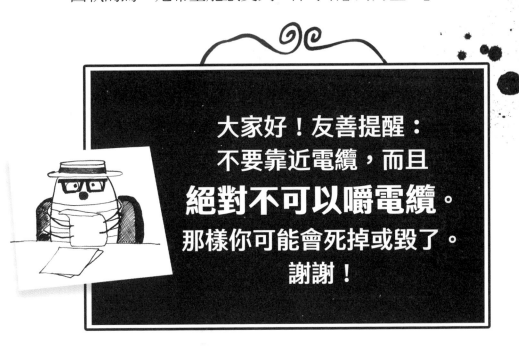

大家好！友善提醒：
不要靠近電纜，而且
絕對不可以嚼電纜。
那樣你可能會死掉或毀了。
謝謝！

阿德看著潘蜜拉跟那圈鬆掉的電纜糾纏，他聞一聞，空氣裡有一股羽毛燒焦的味道。

　　「據說，很多年前，倫類蓋了這座塔。」小柳說。

　　「你的意思是『人類』吧。」

　　「是的。倫類。我剛剛就說了。」

　　「人類。」

　　「倫類。」

　　「人類。」

　　「倫類。」

　　「人類。」

　　「倫類。」

　　「人類。」

　　「倫類。」

**喂！喂！
這樣太蠢了哦！**

「總之，據說這座塔，讓瘋狂森林有一種**非常特別**的能量。」小柳說。

「噢！所以你們才會這麼奇怪嗎？」阿德說。

「你說什麼？」

「我是說，所以你們才會這麼……獨特嗎？」阿德這次修正自己的用字。

「就是因為它，所以我們與眾不同。」小柳頗為自豪，還鼓起了胸膛。

阿德看著小柳，她穿上一雙閃亮的紫色腿套，開始伸展四肢，抬抬手、碰碰腳趾、動動耳朵，同時發出「**喔——**」「**啊——**」這類聲音。

「去戲劇社之前，要先暖身一下。」小柳一邊解釋，一邊彎下腰，頭已經快要埋進雙腿之間了。「幾天後就是『超級大秀』，我們已經排練了好久。」

阿德雙手交握在面前，「戲劇社？請再多說一點！」他說。

「喔，瘋狂森林裡，每隔幾個月就會有一次大型才藝表演。」小柳說。

阿德開始搖尾巴，「那麼，大家會做什麼表演呢？」

「各式各樣啊，」小柳說，「『瘋狂森林劇團』會演一齣戲或是音樂劇。獾他們會有一個男聲合唱團表演。有一隻地鼠叫做依莫‧歐瑪，他會背誦很困難的詩篇。」

阿德的腦袋就像冒氣泡那樣刺激又興奮。「聽起來太棒了！英格麗說的排演就是這件事嗎？」

「對，」小柳說，「她要我帶你去，所以，跟我來吧。」

阿德內心在拉鋸。他已經離開窩一陣子，實在應該回去了，但是他把這種感覺壓下去。阿德抓起小柳的腳掌，「我們走！」

他們來到森林裡一片被砍伐過的空地，那裡已經掛上三角彩旗跟燕尾旗，場地上有一個木頭搭建的小舞台，還有幾張長椅。兩棵銅色山毛櫸的粗枝上掛了兩盞大型聚光燈，幾隻看起來很有效率的河狸正在調整。動物們來來往往，看起來忙碌又慎重。

「天哪！」阿德說。

英格麗的助理塔瑪拉表情有點焦慮，她搖搖擺擺走到阿德和小柳所在的位置。

「英格麗在等你。」塔瑪拉低頭看看記事板。

「我到了，大家可以鬆一口氣了。」小柳鄭重的說。

「不，不是你。是你。」塔瑪拉向著阿德點點頭。

阿德有點疑惑，「我嗎？」

塔瑪拉把阿德和小柳趕到一個樹墩。英格麗坐在樹墩上，身上裹著大披風，拿著擴音器發布命令。

英格麗看到阿德之後大喊，「他來了！我們的新男主角！」

「什麼？」小柳說。阿德驚訝的嘴巴合不攏。

「來來來，告訴我，你會不會演戲？」英格麗滿懷熱切。

阿德的嘴巴還是合不攏。

「臉上化的妝在燈光照射下融化，你有過這種感覺嗎？」她繼續說，「謝幕時最後一鞠躬，你會沉浸在觀眾的掌聲裡嗎？」

「呃……這是怎麼回事？」小柳說。

「我們原先的男主角，頭被啄掉了，所以最後一刻替換演員。」塔瑪拉說得急促。

小柳吃了一驚，「樂舍？是聞樂舍嗎？」

塔瑪拉神情哀戚，點點頭。

「他……**他死了**？」小柳問。

「沒錯，」塔瑪拉說，「他的頭被啄掉了，就這樣。總之大家都非常難過，但是我們必須繼續排這齣戲。」

說真的，這些傢伙
到底有沒有毛病啊？

「我看到你那張臉的時候，」英格麗聲音宏亮，搖搖擺擺走過去用翅膀托住阿德的頭，「我就知道，我就是知道！看看你，那對眼睛！」

小柳上下蹦跳，「哇，阿德！哇，真棒！」

「嗯……但是我……我從來沒有上過台啊！」阿德高聲說。

「我們立刻幫你上課！」英格麗雙翅互擊，相當開心的大喊。

十五分鐘之後，阿德上台了。他套上腿套、戴頭巾、還穿上閃亮背心。英格麗教他如何「放鬆」、「揮灑」，用嘴巴發出奇怪的聲音。

「你必須**感覺**到它從你的肚子裡上升、一直到胸口，然後**傾瀉出來**。孩子，**傾瀉出來**！」

「喔——哈——啊——」

阿德發聲渾厚宏亮。

噢，他很棒，
對不對？

「現在，我要你展現喜悅！讓我看到地球上最快樂的狐狸。」英格麗說，充滿戲劇性的揮舞她的大披風跟圍巾。

阿德心中想著他所能夠想到最快樂的事：

他笑了，在舞台上手舞足蹈，把小柳抱起來轉圈圈，一圈又一圈。

「你真有天賦！」小柳說。

阿德笑開了。不得不承認，他確實樂在其中。

「現在，讓我看到恐懼。」英格麗說，「害怕、孤單——讓我看到極度的恐懼！」

「呃啊！」阿德做出最可怕的表情。

英格麗憤慨的呱叫了一聲，「我要的是恐懼！讓我聽到你的尖叫，血液都會凝結的尖叫！」

阿德閉上眼睛，試著去想非常非常可怕的東西。

「嗷──嗚──啊──」

使血液凝結的叫喊聲，迴盪在瘋狂森林裡。

不遠處，小蘭在追蹤中停下腳步。她到處踩踏、到處嗅聞，終於尋獲阿德跟小柳的氣味。小蘭在樹林及蕨叢裡彎彎繞繞，這時聽到弟弟的尖叫聲，那只代表一件事。

「鈕扣公主！」她大喊，「她找到我們了！」

為了救弟弟，小蘭盡可能跑得飛快。

同一時間，英格麗欣喜的呱呱叫，雙翅鼓掌。

「再來、再來！」她大喊。

阿德笑了，深吸一口氣，再放聲大喊，而且這次更大聲了。

「嗷──嗚──啊──」

突然，一個深色身影衝上舞台把阿德撲倒，帶著阿德滾落舞台。

「卡！舞台入侵！」塔瑪拉大喊。幾隻穿著連身工作服、擔任保全的兔子，立刻跳上舞台。

「小蘭！」阿德急著說。

「你有沒有怎麼樣？」小蘭的眼睛睜得好大、滿是害怕，「是鈕扣嗎？她在哪裡？」

她仔細檢查阿德，上上下下摸了一遍，確認他沒有受傷。

「姐姐，我沒事啊！」阿德說，「我是在演戲！」

小蘭往後一坐，看看舞台四周，看到燈光和其他演員。

「演戲？」她吐出幾個字，「**演戲？**」

133

「歡迎來到……『瘋狂森林劇團』！」刺蝟組成的銅管小樂隊開始奏出一支曲調，還發射派對響炮。

「各位，不是現在啦！」小柳說。

小蘭怒瞪小柳，然後注意力又回到阿德身上。阿德很清楚，他麻煩大了。

「我不是叫你不能離開窩嗎？」小蘭大吼，「我以為你**被攻擊**了！」

阿德低頭盯著地上囁嚅著。

「他玩得正開心呢！你知道嗎？」小柳大聲說。她**一點都不怕**小蘭。「還是，你根本就是來找碴的？」

大家都倒抽了一口氣。

哇！小柳，
真是火力十足啊！

小蘭刻意俯身，跟小柳眼對眼。

「是，我就是專門來找碴的，」她說，「而且對於兔子，我一直都胃口很好。」她舔舔嘴唇，露出尖牙。

然後她吼阿德：「來，我們走！」

小蘭咬住阿德的腿套，正要把他拖走。

「等一下！

這位暴走女士，」

從擴音器傳來。是英格麗，看來她非常惱怒，「我才剛找到這個第一男主角，我是不會讓你把他帶走的！」

她用鴨子的眼睛瞪著小蘭──可不是什麼普通鴨子，而是「**有人對不起她**」的鴨子。

英格麗對塔瑪拉點個頭，塔瑪拉走到阿德身邊，咬住他的頭巾，把他拉上舞台。小柳也一起拉。

「他要跟**我**走！」阿蘭嘶吼。

「不，他要跟**我們**！」小柳大喊。

「我！」

「我們！」

「我！」

「我們！」

「哎呦，」阿德最後說，「你們把我放下來好不好？」

砰，他掉在地上。站起來時，他看來絕對是變長了一點點。

「小蘭，」阿德說，「偷溜出來我很抱歉，但是我真的想探險。而且這趟探險很棒！」

小蘭沒有說話。

「各位——聽我說，小蘭沒有惡意。只是因為……我媽媽爸爸不在身邊，小蘭一直以來都必須照顧我。所以她對一些事情會很生氣。」

小柳沒有說話，不過英格麗點點頭。「忠誠，堅強。一個女性有這些特質，我尊敬她。」

「小蘭，」阿德的聲音突然像大人，以前小

蘭從來沒有聽過。「他們要上演一齣戲，而且他們需要我。請讓我加入好嗎？」

　　小蘭嘆了一口氣。阿德看起來很開心，而且他很久很久沒有這樣開心了。

　　「姐姐，拜託啦。」阿德眼睛睜得好大，「而且我終於有個真正的朋友了。」

　　「好，」小蘭咬牙切齒說，「但是不能惹上麻煩。我會盯著你。」

　　「耶！」小柳大叫，她和阿德互相擁抱慶祝。

親愛的媽媽爸爸：

　　哈囉！不知道你們是不是回來找我們了？上一封信寫完之後，發生了很多事。我們住進瘋狂森林好幾天了，雖然這裡有點怪，但是我真的很喜歡這裡！我交到第一個最好的朋友。她是一隻兔子，她叫小柳。我們一起在才一表演上演工。我希望能把瘋狂森林的地圖給你們看，但是我們到這裡時，小蘭把它吃掉了。

　　我愛你們

　　阿德

　　ps. 我現在又長高了一公分！

請貼郵票

To: 大城市大公園

冬青叢下狐狸窩

媽媽和爸爸 收

（希望能收到）

第十章
跳樹

　　小蘭走到池塘邊坐下。心裡滿是怪怪的感覺，她不太確定那是什麼。

　　「走開啦，感覺，」她說，「滾遠一點」。

　　她往混濁的池塘裡丟了一顆橡果。

　　不到幾秒鐘，那棵橡果又被丟了回來，打到小蘭的鼻子。

　　「哎呦！」然後小蘭又把橡果丟回去。

　　池塘這次丟回一顆更大的橡果。

　　「喂！」小蘭站起來，「你！你這個池塘！

不要再對我丟東西！」

「現在換成跟池水吵架嗎？」法蘭克停在附近冬青樹枝上，「我倒是不驚訝啦。」

小蘭轉身，指著池塘。「你看到了嗎？」她叫著，「那不正常啊！」

法蘭克聳聳肩。「孩子，這裡很多事都『不正常』。你可能要習慣一下。」

小蘭假笑了一聲。法蘭克一八〇度大轉頭，腦後勺幾乎都快轉到前面了。所有貓頭鷹偶爾就會喜歡這樣做，只是為了炫耀而已。

「我想某件事可能會有幫助。孩子，跟我來。」

法蘭克在枝幹之間穿梭，嫻熟自如，小蘭必須用跑的才能跟上這隻大貓頭鷹。有時候松鼠會在法蘭克頭頂上衝來衝去、大叫

「跳～樹～！」

這時法蘭克必須俯衝或閃躲。

「好了，就是它，」小蘭叫著，「跳樹到底是什麼？為什麼松鼠會一直去撞樹幹？」

法蘭克呵呵笑。「跳樹是瘋狂森林裡的正式運動項目，而且我們確實**非常**重視它。我記得當初第一次降落在這裡時，我完全搞不懂這件事。不過其實它真的很簡單。」

「好，我在聽。」小蘭說。法蘭克做個深呼吸，開始解釋。

嗯──等一下！我其實已經準備好
跳樹「整件事」的資料了。你們不採用嗎？
真的嗎？拜託，至少看一下下吧？
就算沒有實際用到也沒關係，
如果你不想跳的話。

小不點艾瑞克 的

 入門指南

注釋──**艾氏瑞克**

前言──**艾教授瑞克先生**

跳樹是什麼？

跳樹是一種競賽活動，參加者（或稱「跳樹選手」）要撲向大樹，然後要立刻跳到別棵樹、再跳到別棵樹，看能持續跳多久。

聽起來很難。

是的。

可以碰到地面嗎？

不行。

一隊可以有幾個跳樹選手？

一個跳樹隊伍的選手數目沒有限制，但是兩隊選手必須數量相同。這表示每一隊可能會有幾百個選手，形成盛大的跳樹對抗賽。或者，也可以是某個跳樹選手跟另一個跳樹選手的強力對決。

還會發生什麼事？

選手可以用下列方式來阻礙對方：
在空中相撞，雙方都掉到地上。
躲在樹上，搔對方的胳肢窩。
在樹幹上塗抹黏稠物質（例如蜂蜜或膠水），
使對方跳樹速度慢下來。

跳樹比賽中獲勝的是？

撐到最後的跳樹選手。

不是不能撐著、要一直跳嗎？

你知道我的意思。

跳樹危險嗎？

是的。

跳樹是很傻的行為嗎？

是的。

那為什麼我們還要跳樹呢？

因為沒有空間蓋網球場。

「好，」小蘭說，「我想我懂了。這種運動只有松鼠在做嗎？」

　　「是啊，」法蘭克說，「他們非常適合，因為有大尾巴。他們很喜歡在樹之間撲來撲去。有時候我會當教練，訓練他們，教他們如何滑翔。本來是潘蜜拉教的，後來她……唉，這不重要，反正後來就換成我。」

　　這時，三隻松鼠從他們上空飛過，整個身體飛撲到樹幹上。

　　「嗨！法蘭克！」

　　「哈囉！」

　　「你好！」

　　法蘭克飛翔時，對跳樹選手點頭致意。

　　小蘭搖搖頭。聽起來，跳樹是個荒謬的運動比賽。雖然她能想像，在樹木之間飛撲蹦跳，也是有點……好玩啦。

過了一陣子，法蘭克說，「啊！我們到了。」

小蘭抬頭，看到一座高壓電塔。

「他們叫它『神奇塔』。」法蘭克說。

「那是個高壓電塔。」小蘭語氣平淡。

「沒錯，聰明小姐，這我知道。」法蘭克說。「它以前一定是的。但是現在……呃，現在它不只是電塔而已。」

法蘭克飛下來，叼起小蘭後頸，再飛到半空。

「啊——」小蘭喊叫。

法蘭克輕輕把她放在一個小木板上：「別往下看。」

小蘭嚥了一口。她通常是不怕高的，但是神奇塔比她在大城裡爬過的任何牆壁或屋頂都還高。

「為、為什麼要來這裡？」她喘著氣問。

「我以為你可能會想拿回手機。」法蘭克說，「你不是說，城裡的朋友會發訊息給妳嗎？」

小蘭非常小心的轉身，看到一個類似大鳥巢
的地方，裡面堆滿了電線、插頭、電腦，還有很
多很多手機。

「哇！」小蘭說。

法蘭克繞著那個巢飛了幾圈。「潘蜜拉！」他叫著，但沒有回答。

「嗯，」法蘭克說，「你的手機長什麼樣子？」

「就……就是手機的樣子。」小蘭說。她站著不敢動，她知道，任何突然動作都可能會讓她墜落，重重著地。

「也許我們可以問問潘蜜拉。」法蘭克說。

「問潘蜜拉什麼？」潘蜜拉從一堆電線跟壞掉的小電器裡探頭出來。她戴著一個奇怪的頭罩，會嗶嗶叫、發出嗞嗞聲，還

會閃光。

「潘蜜拉，我們正在找你。」法蘭克說。

「我正在錄一個 Podcast。」她指著夾在頭上的耳機。

「可以還回我的手機嗎？就是你叼走的那個。」小蘭說。

「不行。」潘蜜拉說。

「為什麼不行？」法蘭克說。

「因為我把它吃掉了。」

小蘭絕望的拍拍前額。

「噢，潘蜜拉。」法蘭克說。

潘蜜拉翻找她的電子垃圾堆，最後終於翻出一個破掉的手機螢幕，背後連著幾條電線。

「就剩下這些了。」潘蜜拉說。「但是我需要它！這是一個追蹤裝置，這樣我才知道外星人是不是來了。」

「什麼外星人？」小蘭說。

潘蜜拉眼睛睜大，而且眼珠滴溜溜的轉，好像洗衣機裡的兵乓球一樣。「**外星人**！」她喊著。她舞動翅膀，基本上就是一副發瘋的樣子，「他們**很快**就會來了！他們想摧毀我們。我們必須準備迎戰！」

小蘭嘆氣。「算了，法蘭克。請帶我回去我的窩吧。」

法蘭克非常嚴厲的看著潘蜜拉，「我認為你欠我們的小狐狸朋友一個道歉。」他說。

「**對不起**！」潘蜜拉粗嘎的說，接著她往法蘭克的臉上噴了一顆覆盆莓，然後飛走了。

回到窩裡，小蘭看著法蘭克飛走，嘆了一口氣。她得要想辦法聯絡阿桶和阿籬才行。

她本來希望能跟他們一起打敗鈕扣公主，但是現在看來她必須想出另一個計畫。毫無頭緒之

下，用爪子在窩的牆壁上抓來抓去，寫出自己的英文名字 Nancy。她在大城的窩也會這樣做。

寫到最後一個字母「Y」的最後一撇裝飾筆劃時，突然「嚓」一聲。她看看腳邊那塊泥土才發現，自己把牆壁抓下一小塊了。

「哎呀。」她說。不過她又注意到有個地方有點奇怪。

她抓過的地方，露出一塊平滑的大石板。

在這塊石板中間，有兩個褪色的腳掌印子，其中一個比另一個大一些。小蘭用腳掌輕輕撫摸這些腳印。

「咦，」如果把自己的腳掌貼到那個比較小的腳掌印子上，幾乎完全吻合。「好奇怪。」她輕輕說。

她聞一聞這塊石頭，但是聞不出什麼特別味道。這些印子一定是很久

以前印上去的。

　　小蘭躺回她的床位。瘋狂森林裡有點古怪，她說不上來是什麼，但她有一種感覺……哪裡怪怪的。她對鈕扣公主的尾巴揍了一拳，那東西現在吊在她的頭上搖晃。

　　小蘭必須剷除鈕扣公主才行，這樣她和阿德才能安全回家。

誰能想到是怎麼回事？
有任何想法嗎？後排那位呢？
沒有嗎？抱歉，
我們都毫無頭緒。

第十一章
來自城市的尾巴

嘿，小不點的粉絲們！現在我們要
快閃離開瘋狂森林，前往大城！
什麼？你已經完全忘記那個地方了
嗎？好吧，我要去店舖裡買餅乾和
香蕉，而你就去了解
到底發生什麼事。拜拜！

店舖 →

鈕扣公主心知肚明，沒有了尾巴，
她看起來實在是荒謬到不行。
尾巴是非常難取代的東西。

不過最主要是，沒了尾
巴，看起來超弱的，她很

討厭這樣。她知道，在

「馬上來炸雞店」的垃圾場，大家

還在私下談論阿德咬

掉她尾巴的事。

「一定要找到那

幾隻狐狸才行，」她齜牙
咧嘴的說，不過沒有特定

聽眾，「然後一定要處死他

們！」拳頭重重的敲了一下綠色垃圾桶蓋。

有隻叫做克餌聞的老鼠說，「好——啦。」
他真的不想參與這件事，所以一邊說著、一邊慢
慢退開。

這時，鈕扣公主的一個邪惡貓黨丹妮絲，志得意滿的走過去。「鈕扣小姐，我想我知道怎麼找到他們。」她說。

　　「怎麼找到？」鈕扣公主掐住丹妮絲的脖子前後搖晃。「怎麼找到？」

　　「呃啊——好好好，冷靜一點。嗯，關於這兩隻狐狸，還有他們的白癡朋友，我知道他們在哪裡。」丹妮絲脖子被掐，她現在覺得沒有那麼願意幫鈕扣公主了。

　　鈕扣公主放開丹妮絲，抓著一支手電筒放在自己的臉下面，刻意低沉咆哮，「帶我去找那些狐狸——現在！」

　　「你忘記說什麼了？」丹妮絲認為基本的禮貌是很重要的。

「快帶我去，否則我會殺了你！」鈕扣公主說。

丹妮絲決定，還是順著她好了。

公園裡，阿桶和阿籬在阿德和小蘭的舊狐狸窩，閒散的躺坐著。

「我真的很想念她，」阿桶拿著一根樹枝在咬，若有所思。「她是我碰到的第一隻狐狸。而且，是她給我取名字的。」

「不會吧！」阿籬說，「我的名字也是她取的！因為她在一排樹籬下面找到我。」

「不會吧！」阿桶說，「她是在垃圾桶裡找到我的。」

兩隻狐狸互相擊掌。自從那天晚上倒大楣的阿德咬下鈕扣公主的尾巴，後來他們就避免去「馬上來炸雞店」了。

「她傳訊息給你了沒？」阿籬說。

「沒，」阿桶說，「但是，只要我們知道那隻瘋貓鈕扣是不是還在到處聞，我會立刻傳訊息給她。」

窩口傳來敲門聲。有點奇怪，因為其實狐狸窩是沒有門的。

「披薩外送！」外面喊著，「猜猜是誰來了？」

「進來！」阿籬說。

樹籬撥開了——

狐狸們面對的是……

咚咚咚咚咚咚

　　鈕扣公主！而且她那群又臭又可怕的邪惡貓黨，就在她後面，看起來就像要大肆開打，或是要撂下什麼狠毒的話。

　　「欸……你不是披薩呀。」阿桶大叫。

　　「不，我不是。」鈕扣公主齜牙咧嘴說，「我是一隻非常生氣的貓，而且我的尾巴被**你們的朋友**咬斷了。」

　　「真希望是披薩。」阿桶說。

　　「你們那兩個小狐狸朋友，他們在哪裡？」鈕扣公主說。

「我們不知道呀，」阿籬說，「欸，你已經占走所有垃圾桶了，不要再來煩我們了好不好？」

這時，阿桶的手機響了。

「噢，不知道是不是小蘭！」阿桶說，「我們一直在等他們聯絡，對不對阿籬？」

阿籬往自己額頭一拍。

鈕扣公主看著那支手機。阿桶也看著那支手機。阿籬也看著那支手機。

「攻擊！」鈕扣公主大喊。

一團混亂中，鈕扣公主搶到阿桶的手機，擠著出了狐狸窩。丹妮絲在外面用交通工具接應。

「我告訴你，這滑板很貴——很寶貴！」鈕扣公主高聲叫。

「我們要去哪裡？」丹妮絲盡全力用腳把滑板滑得飛快。

「我們要去找那隻全世界最危險的老鼠。」
鈕扣公主說。

「好的。」丹妮絲說。不然她還能說什麼？
畢竟是鈕扣公主付給她薪水。而且，快過節了，
孩子們需要新鞋子。

全世界最危險的老鼠，叫做仙獸博士，正在
祕密的老鼠實驗室裡忙碌著，地點就在一個也是
祕密的人類大型實驗室裡。

仙獸博士利用聰
明的頭腦跟科學的力
量，好事壞事都做，
看她的心情來決定。
鈕扣公主第一次來到
仙獸博士的祕密實驗
室時，「仙獸博士測

量儀」指針指向「好」。確實，仙獸博士正在實驗室裡，運用相當複雜的數學方法來治療老年人的膝蓋，她還發明了某種彩色筆，墨水永遠不會用完。

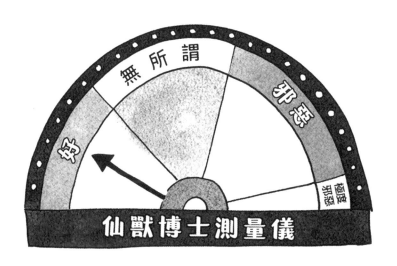

但是，**隔天**，箭頭指向「邪惡」，所以鈕扣公主直接走進去。確實，仙獸博士看起來很邪惡，她正在用放大鏡燒螞蟻。

「仙獸博士，我有一件事要請你做。」鈕扣公主說著，把阿桶的手機遞過去。

「我需要你找到她。電話號碼儲存在這支手機裡。你可以做到嗎？」

仙獸博士哼了一聲。「當然可以，這很簡單。把手機插到我的衛星定位機器上，按個鈕就好了。」

「太棒了！」鈕扣公主說，「那就容易了。」

仙獸博士把眼鏡拉低，「但是你要付出代價。」她說。

「什麼都可以！」鈕扣公主說。「儘管說！」

仙獸博士啪嗒啪嗒跑去一個小小的火柴盒資料櫃，抽出一張紙。

「你必須把這張單子上的東西弄來給我。如果沒辦成，我就會對你做出難以言喻的邪惡的事。」

鈕扣公主看看這張清單。

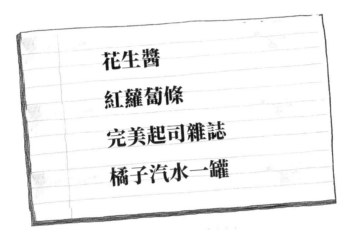

花生醬

紅蘿蔔條

完美起司雜誌

橘子汽水一罐

「如果你能在城裡上上下下搜過一遍，把這些極貴重的東西在今天五點整之前找齊給我，我才會開始幫你找你的……你的朋友。」

鈕扣公主看看手錶。

「那條路上就有一家雜貨店，我去去馬上就回來。」她說。

鈕扣公主和丹妮絲去雜貨店，買了：

花生醬
紅蘿蔔條
完美起司雜誌
橘子汽水一罐

丹妮絲還買了：

起司味乖乖
看起來像奶嘴的爆炸糖
一大包的隨身包衛生紙
（因為這很有用，買再多也
不嫌多）

TILL 1

她們回來時，仙獸博士說，
「噢，好快呦。」

　　接著，她把阿桶的手機連
結到一台嗶嗶叫的東西，看起來
像大電腦。

　　「受害者名字是？呃，我是說，你朋
友名字是？」仙獸博士問。

　　「小蘭。」鈕扣公主低吼。

　　「噢，對……找到了。」仙獸博士說。

　　螢幕上出現小蘭的電話號碼。

　　「我們要打電話給她嗎？」鈕扣公主說，「看
看她在哪裡？」

　　「不行啦，笨蛋。」仙獸博士說。她輸入許
多東西進電腦，螢幕變成模糊一團，然後漸漸顯
現出一張地圖。接著是一個紅點出現在左方角落
的最上方。

　　「她在這裡。」仙獸博士說。

地圖拉近。

「看來他們深入鄉間了。」仙獸博士顫抖的說。

「不會太久的。」鈕扣公主摩拳擦掌。「我要來抓你了，小狐狸！我要拿回我的尾巴！喵哈哈哈哈哈——」

「你不會是要**傷害**這些小狐狸吧？」仙獸博士問，「因為如果是，我會覺得很糟。或許我沒什麼好心腸，但我也沒**那麼**邪惡。」

「絕對不會！」鈕扣公主說。

「好。」仙獸博士交還阿桶的手機，「這支手機現在變成狐狸搜尋器。打開它，你就會看到地圖，還有這位小蘭的位置。」

「噢，還有一件事。」鈕扣公主說，「你這裡還有沒有其他可怕的器材呢？可以把人打爆到飛出去的？」

仙獸博士想了一想。「你確定不是要拿來**傷害**那些小狐狸？」她問。

　　「噢，絕對不會的。」鈕扣公主若無其事的舔著腳掌。

　　仙獸博士沒說什麼，只是把「仙獸博士測量儀」箭頭撥到「極度邪惡」，接著她跑去一個大的櫃子，拿回一個奇怪的大型裝置。

　　那是個綠色金屬安全帽，有三根長長的天線凸出來。她把這個器材砰一聲放到地上。

　　「你們看！『大腦終結者 3000 型』！」她大聲說。

　　「哇！」丹妮絲及鈕扣公主說。

　　「這個機器威力強大，相當危險。」仙獸博士說，「我非常自豪。」

　　「這機器要怎麼用？」鈕扣公主問。

　　「你把它綁到頭上，在適當時機按下這個紅色按鈕就可以了。一道威力很強的雷射光會從其

中一支天線射出來，你的對手就會像煎蛋一樣熟透透！」

「哇！」丹妮絲和鈕扣公主又叫了一次。

「但是要小心。這有四千五百萬的百萬伏電力。所以，很抱歉你只能用三次。」

「沒問題。」鈕扣公主說。「我只需要用兩次。這機器要多少錢？」

仙獸博士想了一想。

「馬上來炸雞店的甜甜圈，終生供應。」

「就這麼說定了。」鈕扣公主說。

這些壞蛋在仙獸博士的祕密巢穴裡手舞足蹈，樂得呵呵大笑。

第十二章
沼澤

　　阿德興奮到如癡如狂。等一下瘋狂森林劇團
進行最後一次彩排，晚上就要正式演出。

　　「姐姐，你會來看我對吧？」阿德在窩裡跳
上跳下。

　　小蘭喝掉最後一點咖啡。「會啊。我又沒別
的事情可做，對吧。」她沒好氣的說。

　　阿德跑過去張開手臂抱住小蘭的腰。

　　「小蘭，祝我順利吧！」

「祝你演出成功！」她輕輕撥弄弟弟雙耳之間的毛。

阿德去彩排之後，小蘭回到她的床位，牆壁上有神祕腳印的地方，她蓋了一張毯子，小蘭把它掀開。她沒有告訴阿德她發現這個腳印。她撕下筆記本一張紙，然後找出半截蠟筆，把腳印拓印在紙上，然後摘下鈕扣公主的尾巴，塞進外套口袋裡。因為她突然覺得，把那東西掛在牆上太危險了。小蘭內心深處覺得，即將有事情發生……

不是什麼大事，
是我啦，你的朋友和鄰居
小不點艾瑞克。

在彩排場地，小柳跟阿德正在討論，他們要在「超級大秀」結束時表演一支特別舞蹈。

「沒問題的，」小柳鼓勵阿德，「只要跟著我的動作做就好，只是倒過來做而已。」

他們在舞台側面練習舞步，各種幕後工作人員正在忙碌著，有的拿著探照燈，有的拿麥克風。英格麗的助理塔瑪拉戴著太陽眼鏡，不由自主的打顫，因為有太多事情要她處理。

壓力過大的
鴨子

在這場充滿魔幻的行動中，有些兔子一直不見蹤影；依莫‧歐瑪說他「情緒太過高漲」，因此無法背出任何詩句；一群獾在練習唱歌，唱得糟糕到連附近的花朵都哭出來。

「一定會是一場災難！」塔瑪拉哀嚎著，「你們兩個最好不要讓我失望。」

小柳立正敬禮：「我保證，我們一定會很棒的。阿德和我每天都在練習。」

塔瑪拉喃喃自語，走開了。

突然，阿德似乎很害怕。「小柳……如果我表現不好呢？」他說。

小柳聳聳肩、一派輕鬆，「我們只要開開心心跳舞就好，其他的都不要擔心。不管**多離譜**的事都有可能發生。去年還有一隻松鼠被火燒到呢。你姐姐會來嗎？」

「會，她說她會來。」阿德燦笑。

「真的？」小柳說，「我以為，對她這種專門找碴的人來說，這太過歡樂了。」

阿德皺眉。「她只是在想念她的朋友、想念大城。」他說，「也許……如果**某些人**對她**好一點**，她就不會那麼愛生氣了。」

「你說『某些人』是指我嗎？」小柳問。

「是。」阿德笑開了，「請你試試看好嗎？我覺得你和小蘭其實有很多共同點。」

小柳皺眉，踩著重重腳步去喝咖啡休息了。

177

這一點倒是證明，阿德說的完全正確。

小蘭來到戴德斯的露營車，發現他穿著一件破舊的紅色浴袍，在地上打滾。

「你在做什麼？」小蘭問。

「噢！你好呀。我在燙我的市長禮袍！」戴德斯說著，慢慢站起來，拍拍身上的灰塵。

小蘭拿出口袋裡的紙。「這些是誰的腳印？」她問。

戴德斯走過去仔細看。「嗯……我不認得。這是從哪裡來的？」

「我在窩裡發現的，畫在一塊石頭上。」

「呃，我說呢，這看起來是一對狐狸。」戴德斯說。

「你在瘋狂森林這麼久了，你一定知道這是誰的腳印！」小蘭說。

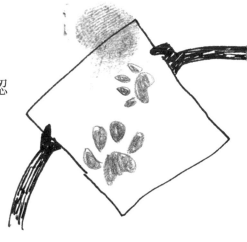

戴德斯聳聳肩。「我認識瘋狂森林裡很多生物，也有很多生物我不認識。而且有些我可能完全忘記了。」

小蘭低吼幾聲，把紙塞回口袋裡。

「小蘭美眉，那**你希望**這些是誰的腳印呢？」戴德斯和藹的問。

小蘭看著地上。「我不記得他們了。」她說得很慢。

「誰？」

「我爸媽。我不記得他們了。」

戴德斯和小蘭都沒說話，默默的坐了好一陣子。

戴德斯最後說，「嗯，要扛這份責任，對年輕的肩膀真是太沈重了。但是小蘭，你做得很好。我不知道你的父母是誰，也不知道他們在哪裡，

但是我知道他們把你教得很好。你這樣照顧弟弟，他們一定會引以為榮的。」

　　小蘭用尾巴把自己裹起來，嘆了一口氣。「我不知道為什麼，但是我就是有一種**感覺**，」她說，「我覺得他們好像離我很近。在大城我從來沒有這種感覺，但是在這裡就有。」

　　戴德斯微笑了。「小阿德倒是已經把這裡當成家了，不是嗎？他也想念大城嗎？」

「我不知道。應該不會吧。」

「他在那裡有沒有很多朋友？」戴德斯問。

「沒有。」小蘭說，這一點她以前倒是沒想過。「應該沒有。」

「小蘭，現在我得做些市長的工作，所以抱歉，」戴德斯說，「晚一點我們在表演的時候見。」

小蘭嘟囔著，踩著重重腳步走向狐狸窩。她覺得自己很笨，為什麼要找戴德斯問腳印的事。而且她總覺得有事情要發生。

「我要回去大城，我要自己把那隻貓解決掉。」她發誓。

阿桶和阿籬一直都沒有消息，所以她必須自己解決這件事。至少她知道阿德跟新朋友在一起是安全的，她打算等今晚表演結束之後，再跟他說這個計畫。

突然，樹木之間傳出一個聲音在叫她。

「小蘭！」

小蘭的毛都豎起來了。

「小蘭，你在哪裡？」

「你是誰？」小蘭大喊。她不認得這個聲音，但是她沒辦法裝作沒聽到。她伏低，謹慎小心的往聲音來源爬過去，但是地面被常春藤和蕨葉覆蓋住了，她一動就發出劈劈啪啪、窸窸窣窣的聲音。

「我想念人行道。」小蘭嘟囔著。走了一陣子，不再有銳利的枝條跟堅韌的藤蔓，地面比較柔軟，讓她鬆了一口氣。

「小蘭！」那聲音又叫了，「我看不到你！」
「我來了！」小蘭叫。

烏雲聚集，強風開始從樹木之間灌進來。小蘭繼續走，腳下的地面變得泥濘溼黏，腳掌踏在

泥巴裡，咕嚕噗嚕的，只能緩慢前進。雨下得更大了，小蘭開始發抖。而且，好像每次落腳，地面就更深。

咕嚕。噗嚕。咕嚕。

也許，她需要一截木棍……某個東西讓她不要……

咕嚕。噗嚕。咕嚕。

……陷進去，因為泥巴好溼黏，而且……

咕嚕。

只要不要超過膝蓋……

噗嚕。

哎呀，糟了。

咕嚕。

小蘭看看四周。她陷在沼澤正中央，而且正在往下沉。速度很快。

「啊啊啊啊啊！」

　　千鈞一髮時，小蘭抓住纏在倒木底部的常春藤。危急存亡的關頭，她緊緊抓住這條藤蔓。過了幾秒鐘，她把藤蔓繞在身體中間，但是她知道，如果藤蔓斷了，沼澤會把她吸進去，就像排水口的一顆碗豆一樣。

「小蘭！」

　　那個神祕的聲音又來了，聽起來比之前更近。

「小蘭？是你嗎？呱呱。」

小蘭抬頭看，原來聲音來自……一隻青蛙，蹲在一截木頭上。

「你……你是誰？」她喘著氣問。

「噢，哈囉！我嗎？我叫蓋文。那你是誰？呱呱。」

「我就是小蘭！是你……是你在叫我？」

青蛙蓋文看起來有點困惑，他說：「我想是沒有。」

接著有**另一隻**青蛙跳過來，還提著兩包購物袋。

「抱歉啊，親愛的。」她說，「隊伍排太長了，簡直是惡夢。」

「小蘭！」蓋文大叫，「你一定想不到，那邊有一隻快要淹死在沼澤的狐狸，有沒有看到？

她也叫小蘭！」

「不會吧！」青蛙小蘭說。

「就是會！」蓋文說。

「請幫幫我好嗎？」狐狸小蘭問。

但是青蛙蓋文和青蛙小蘭已經跳走了，因為
今天是他們的結婚紀念日，他們要去看電影。

陷入
愛河的
青蛙

嗯，不知道蓋文和小蘭
會看什麼電影呢？

「救命啊！」小蘭大叫，「救命啊！」

但是除了狂風呼嘯和嘩啦嘩啦的雨聲之外，

只有小蘭獨自一個。

第十三章
公主和大腦終結者

　　暴風雨席捲瘋狂森林。在「超級大秀」演出場地，手腳俐落的河狸到處忙著把燈光和道具都蓋起來。英格麗對表演者說以前開幕時發生過的災難事件，塔瑪拉則是臉朝下趴在小水窪裡。

　　「噢，天哪，」阿德從舞台布幕後面偷看。「狀況不太好，對吧？」

　　小柳咯咯笑，往後翻個筋斗。

「我喜歡暴風雨，」她說，「這樣**更有戲劇性**！」

此時還困在大沼澤裡的小蘭，絕對不喜歡暴風雨。在大城，暴風雨表示要偷偷在汽車下面走動，要躲在公車站下面，而不是全身沾滿泥巴，發抖打顫。

「救命啊！」她大叫。

小蘭通常是不會喊救命的，但是現在，光靠她自己，沒辦法從這個險境裡脫身。小蘭注意到，在她頭上的樹木之間，透出一道奇怪的光芒。她聞聞空氣，是汽油！那低沉的隆隆聲是引擎嗎？一定是獲。小蘭心想：幸好！她正要開口呼救……但是聽到一個熟悉的可怕聲音。

「這裡就是了嗎？嗯，簡直是個**臭垃圾場**……」

小蘭血液都凝結了。是鈕扣公主。而且從聲

音聽起來，還不只有她。小蘭試著伸長脖子看。

「是的，就是這裡。」另一個聲音說。「呃，這裡是我能停得最近的地方了。看到那個閃爍的紅點嗎？那就是小蘭的位置。」

那些聲音模糊不清、窸窸窣窣，小蘭想弄清楚到底來了幾隻貓，但是完全聽不出來。她聽到一個奇怪的嗶嗶聲，還有另一隻貓的聲音，她聽不出是誰。

「它說我們要走那個方向……對著那個**大東西**。」那隻貓說。

「那是一座高壓電塔。」另一個說。

「誰帶了『大腦終結者 3000 型』？」鈕扣公主怒叫。

小蘭嚥了一口。「大腦終結者 3000 型」？聽起來不太妙。

「在後車廂裡。」另一個聲音說。

小蘭看到鈕扣公主了，她走到車子另一側。

「把它綁到我頭上。」鈕扣公主下令，「我要把那兩隻狐狸碎屍萬段！我等不及了！」

　　小蘭又嚥了一口，她看到其中一隻貓把一個好大的綠色金屬安全帽，放到鈕扣公主小小的、憤怒的頭上。接著，鈕扣公主按下安全帽側邊一個按鈕，那個裝置開始發出嗡嗡颼颼聲，三根金屬天線末端有小燈在閃爍。

　　「三根電擊棒！」鈕扣公主叫囂，「應該足夠把他們兩個除掉了。」

但是，某個東西讓她停下腳步。是一張釘在樹上的海報。

「等一下。這是什麼？」她說著，把海報撕下來。「是他！」她說，「那隻狐狸！把我尾巴咬掉的小壞蛋！」

「對耶！」另一個聲音說，「真正的他看起來小多了，對不對？」

小蘭的心一沉。

「好，」鈕扣公主摩拳擦掌。「計畫如下，你們全都去這個……『超級大秀』，抓住那隻小狐狸，把他帶來交給我。」

「那麼你會在哪裡呢？」那個小蘭聽不出來的聲音問（那是丹妮絲）。

鈕扣公主指著「神奇塔」。

「我會在那裡。把他活捉過來，我要他姐姐親眼看我把他碎屍萬段！」鈕扣公主拍拍「大腦終結者 3000 型」。

「遵命！」丹妮絲拍拍手。「你們都聽到了吧。我們去綁架那隻可愛的小狐狸！」

小蘭用僅有的力氣阻止自己不要大叫「不！」，她知道這時候必須保持安靜。她聽到那些貓進入瘋狂森林更深處，他們要去綁架她的弟弟，小蘭這輩子第一次覺得自己無能為力去救他。

過了似乎好幾年那麼久，風停了，雨勢漸小。沒有時間了，非常能幹的河狸開始揭開「超級大秀」舞台。

塔瑪拉打起精神，英格麗在後台到處飛轉，最後一次叮嚀表演者。

觀眾陸續進場，戴德斯拍拍兩隻腳蹄說，「噢，看起來好棒，對不對，法蘭克？」。

「是啊。」法蘭克點點頭，不過其實，他寧

願在自己客廳裡私下欣賞複雜的爵士樂。

「但是，小蘭呢？」戴德斯說，「我們稍早談過話，很愉快。我覺得她真的很棒，你知道的。」

「是啊，她很堅強。」法蘭克說，「這種個性我一看就知道。」

觀眾漸漸多起來，最後好像瘋狂森林裡所有生物都來了。

阿德在布幕後面走來走去。

「冷靜！」小柳說，「你這樣弄得我都緊張起來了！」

「我肚子裡有蝴蝶。」阿德呻吟著。

「你為什麼要吃蝴蝶？」小柳驚呼。

「不是啦，那句話的意思是我很緊張！你看得到觀眾嗎？」

小柳鼻頭探出去偷看。

「看得到。」她說。

「有沒有小蘭？」阿德說。

「沒有。」小柳說。

「喔。」阿德的尾巴垂下來了。

「但是，阿德，聽我說，」小柳說，「戴德斯來了。法蘭克也來了，還有英格麗、塔瑪拉……所有兔子都來了，瘋狂森林劇團其他成員也都來了。而且大家都很期待這場戲。他們都是來看我們的！」

阿德微笑了。他的朋友說得對。

英格麗上台介紹第一場表演，觀眾充滿期待，開始鼓掌喝采。第一個上台的是依莫・歐瑪──

我用腳掌挖開土壤
挖挖挖
挖挖挖
挖到神祕的地底

我會發現
發現我要找的東西嗎
在深深的黑暗裡
噢，深深的黑暗裡

噢，找到了
我的鑰匙圈
上面有個獨角獸的圖片
真是一個好結局

（完）

法蘭克轉頭四面八方看，他還在找小蘭。感覺不太對勁。

　　「小蘭說她會來的不是嗎？我去找一下她。」他低聲對戴德斯說，然後悄悄飛走了。他比誰都熟悉樹林，很快去過狐狸窩之後，他一圈圈繞著愈飛愈高，圓滾滾的眼珠掃描地上，找尋任何不尋常的事物。

　　他起先注意到的是一輛車。可以確定的是，那不是獾的吉普車，不過他飛靠近調查時，就看到小蘭的頭伸出沼澤，她看起來很疲倦，雖然她身上還是纏著常春藤，但是大部分身體已經沉到那可怕的黑暗中。她的眼睛是閉著的。

　　「小蘭！」法蘭克大喊。他飛到小蘭面前盤旋，試著用羽毛搔她的鼻子。他不敢降落，那樣她會立刻沉下去的。

　　「小姑娘，醒醒啊！」

　　小蘭睜開眼睛。

　　「法蘭克？」小蘭的聲音已經因為喊叫而沙啞了。

　　「你要撐住，」法蘭克說，「我去找人幫忙，我們會把你救出來。」

　　「是鈕扣公主，」小蘭沙啞的說，「她找來了。」

　　但是法蘭克已經飛走了。

小蘭不確定是十分鐘還是十小時之後，她所能記得的是，感覺到有一根繩子把她捆得緊緊的，然後她聽到法蘭克大喊，「開動！晃頭，開動！」

　　她感覺到熱熱的廢氣噴到全身，晃頭催動吉普車往前，慢慢把她拖出泥沼。

「真是可憐！」晃頭下車，把小蘭扶起來。

小蘭覺得頭暈腦脹又沈重無力，她緊緊抓住晃頭。

晃頭把小蘭腰間繩子解開，小蘭問他：「阿德在哪裡？」

「他在舞台上！瘋狂森林劇團現在正演到一半。阿德他真是**太棒了**！」

小蘭和晃頭跳上吉普車。

「阿德有危險！」她說。

「怎麼了？是那隻貓嗎？」法蘭克問。

小蘭點點頭：「鈕扣找來了，而且不只是她。但是我有辦法。」

法蘭克聽候指示。「我可以做什麼？」

「去神奇塔，我跟你在那裡會合。但是首先，我要在那些貓找到阿德之前先到他身邊。」小蘭說，「晃頭，你可以開多快？」

晃頭啟動引擎，拉下駕駛護目鏡。

「抓緊了,」晃頭大喊,「準備迎接一生中最刺激的旅程!」

(他一直都很想說這類大話。)

噢、噢、噢,
計畫進行中、計畫進行中!
我全身都能感覺到!

第十四章
攻擊！

「瘋狂森林劇團」演到第二幕，小柳正在發表偉大的演說。

「因為我明白了，羅徹斯特先生，我一直愛著你。從我看到你的那一刻起，我就知道我們會在一起，永遠在一起！」接著她誇張的倒在阿德懷裡。

「啊！」聽眾輕呼。

「攻擊！」

黑暗中傳出一聲大叫。草叢裡突然竄出一群

貓，跑向舞台。

群眾驚呼尖叫，除了戴德斯之外。他互拍腳蹄說：「噢，噢，這是表演的內容之一嗎？」

那些貓跳上舞台，撲倒阿德跟小柳。這**不是**表演的內容之一。

「噢，糟了。」阿德說。

小柳用後腿踢開那些貓，但是貓太多了。

「把狐狸帶到高壓電塔！」丹妮絲抓住小柳的耳朵，大喊。

「喂！你誰都不准帶走！」小柳踢了丹妮絲的臉。

丹妮絲大吼大叫，亮出尖爪，準備抓小柳的臉……

「不要！」阿德大喊，「不要碰那隻兔子！你們要的是我，不是她！」阿德小心的站起來，

他的手臂被扳到背後，被兩隻貓緊緊抓住。

「好。」丹妮絲說。她放掉小柳，小柳噗一聲落地，但她立刻去抓住阿德。

「你們不能這樣！」英格麗呱呱叫，「他在

205

最後一幕還要演出！你們要等我的經紀人來通知！」

有一隻貓發出兇狠的嘶叫聲，一掌往英格麗的鑲珠圓盤帽揮過去。

這些兇暴的貓在舞台上撒野，戴德斯知道他必須做點什麼。瘋狂森林遭到攻擊，那麼必須是他出面保衛。

他站起來，閉上眼睛，深呼吸，如雷鳴般大吼：

「跳～樹～！」

在這之前，瘋狂森林的動物絕大多數震驚到定住不動。但是聽到戴德斯的呼召，他們就知道該怎麼辦了。幾乎是想都不用想，動物們紛紛跑向樹木，上百個「跳～樹～」叫聲滿天飛。

他們往樹幹撞去。

「跳——樹——」

他們在空中穿梭。

「跳———樹———」

抓住阿德的那些貓把他丟下，紛紛尋找掩護。阿德四處看，看到小柳。

「你救了我！」小柳大叫，張開雙臂抱住阿德，然後解開他被縛住的腳掌。「現在快點開始跳樹，不然又會被抓到。」

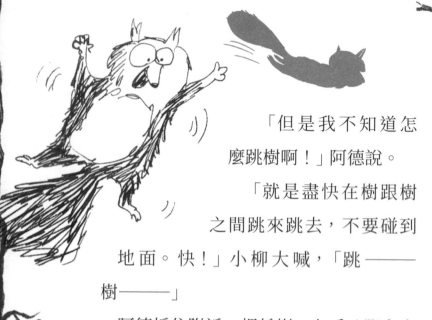

「但是我不知道怎
麼跳樹啊！」阿德說。

「就是盡快在樹跟樹
之間跳來跳去，不要碰到
地面。快！」小柳大喊，「跳———
樹———」

阿德抓住附近一棵松樹，七手八腳爬上
去，盡可能爬高。他努力不要去想他有多
怕高。各種動物高速在他鼻頭前飛來飛去，
而鈕扣公主的貓黨看來非常困惑。

不過，其中一隻體型大、樣貌兇惡、耳
朵只有半截的貓，看到阿德停在那棵
松樹上。

「是那隻狐狸！」那隻貓
大叫，「我找到他了！」那隻
貓開始爬上樹幹。

阿德嚥了一口口水。再不跳就來不及了。

「跳樹！」他大叫，盡可能跳得很高，幾乎快要撞到一棵銀樺樹時，他擺擺尾巴來消減墜落力道，然後再「蹦」一下跳離那棵樹。

「跳樹！」他又大叫一次。用尾巴推開第二棵樹……成功了！原來，蓬鬆的狐狸大尾巴，是最棒的跳樹划槳。瘋狂森林裡的動物，在空中彈來跳去、旋轉翻滾，有時候能撞到那些貓，他們就盡量撞。

並不是所有動物天生就很會跳樹，老實說這真的是松鼠的專長。不過，整體看起來就像一場毛茸茸的芭蕾舞，賞心悅目又驚險萬分。

「跳——樹——」此起彼落。那些貓都嚇壞了，慌得尖叫、急著找掩護。橡果、樹枝、松鼠，紛紛打在那些貓身上，他們知道自己寡不敵眾。

丹妮絲看看錶。如果現在全部擠回車上、一直開車不要停，或許可以趕在晚餐時間回到大城。

「撤退！」她大喊，「撤退！」

戴德斯雙手各拿著半顆椰子殼，這是跳樹比賽結束時的傳統。

「跳樹兮，完滿哉！」 他大喊。

跳樹動作漸漸慢下來，然後完全停止，唯一能聽到的只有跳到腦震盪的松鼠紛紛掉下樹的聲音。

就在這時，晃頭的吉普車衝進樹林。

「阿德！」小蘭大喊。晃頭都還沒停車，小蘭就從乘客座跳下來，跑到戴德斯面前，「他在哪裡？」小蘭大聲說。

「噢，親愛的小蘭，看看你！」戴德斯說，「你是不是掉進『絕望沼澤』了？」

「小蘭！」阿德一邊叫、一邊從野莓叢裡七手八腳爬出來，「你到哪裡去了？」

哭哭。

「鈕扣找來了，」姐弟倆異口同聲說。

「她往『神奇塔』去了。」小蘭說。

「小蘭，現在她遲早會找到我們的！」阿德說。

「我會把她的腦袋揍掉！」小柳摩拳擦掌。

「不，」小蘭相當冷靜，「我有個點子。但是阿德，我需要你，而你必須非常非常勇敢才行。」

阿德甩甩身體，把黏在身上的小樹枝跟橡果甩掉。

「我可以！」他咧嘴一笑。

Fig 2: Blodwyn
The Slug

第十五章
神奇塔

　　戴在鈕扣公主頭上的「大腦終結者 3000 型」很沈重，而對於一隻在「馬上來炸雞店」吃了那麼多雞塊的貓，戴著這個機器爬上山，真的很困難。

　　「快……快到了。」她喘著氣，看了一眼狐狸偵測器，很接近閃紅點的地方了。小蘭就在這附近。

　　鈕扣公主氣喘吁吁又爬了一段，終於到了山頂。她砰一聲倒在高壓電塔的底部，等著她的貓黨把阿德送過來。

215

　　他們現在一定已經抓到他了，那個瘦弱的小東西。鈕扣公主凝視天空，看到兩隻鳥飛過上空，這些鳥比大城的鳥還大。不過距離太遠了，沒有引起她太多注意。

　　接著她聽到車子的引擎聲，絕對不會錯的，這就是了！她自顧自的笑著站起來，打開「大腦終結者 3000 型」，機器開始嗡嗡作響，天線一陣陣閃著光。

　　一輛吉普車翻越陡峭的山丘，打滑轉彎。

　　「送貨！」

一個小麻袋被丟出車窗外，落在鈕扣公主腳邊。

　　「呃⋯⋯呃！」被綁起來的東西在袋子裡掙扎扭動。

　　鈕扣公主正要打開麻袋，它就從裡面被撕開了。

　　阿德的鼻吻伸出來大口呼吸。「啊啊啊啊！」他看到鈕扣公主和「大腦終結者 3000 型」。

　　「終於來了。」鈕扣公主嘆了一口氣。不過她也在想，為什麼丹妮絲和其他貓沒有停下車子。

　　「哈⋯⋯囉。」阿德緊張的說。

　　「我、的、尾、巴、在、哪、裡？」鈕扣公主惡狠狠低聲說。

「呃，有一陣子我放在背包裡，後來小蘭把它釘在窩的牆上。但是老實說，現在我不確定它在哪裡。關於尾巴的事……我很抱歉。我真的以為那是一條熱狗。」

　　「**閉嘴！**」鈕扣公主大喊。「大腦終結者3000型」發出火花、嗶嗶叫。

　　「你頭上那是……那是什麼？」阿德問，「是好玩的東西，還是不好的東西？」

　　鈕扣公主發出邪惡的笑聲。

我說呢，那是**不好的**東西。

「這個呀，親愛的小男孩，這是『大腦終結者 3000 型』，很遺憾的是，它會把你跟你姐姐碎屍萬段！」

阿德嚥了一口口水。

「但是，我要先拿回我的尾巴，」鈕扣公主的尖爪伸到阿德臉上，「你姐姐在哪裡？我知道她就在附近！」

「你怎麼知道？」阿德說。

鈕扣公主抽出阿桶的手機。「很簡單，我追蹤她的電話。這個紅點告訴我，她就在附近。現在我要你尖叫，讓你姐姐聽到！給我尖叫，讓她往我這裡來！」

阿德知道該怎麼做，但是他想趁現在還有機會的時候，再問鈕扣公主一個問題。

他深呼吸。「聽我說。我很抱歉咬掉你的尾巴。但是除了那件事之外，我覺得你真的很壞。我們大家只是想要平等的分享食物！你不覺得

我們可以不要再打了嗎？我們可以回到大城，
互相幫忙，不管是好是壞都一起度過。你覺得
怎麼樣？」

　　鈕扣公主眨眨眼。接著她笑了。

　　「我覺得你是我碰過最笨的狐狸。我不喜
歡你。我不喜歡你姐姐。而且，**我……不喜
歡……分享！**」

　　她把「大腦終結者 3000 型」對著阿德。

　　神奇塔有個聲音傳下來。

「喂，鈕扣。」

鈕扣公主抬頭看。

「你的尾巴在

這裡。」

小蘭站在高塔頂端，拿著英格麗的
擴音器，她看起來搖搖欲墜。

她裝出假笑，揮揮那條凌亂的貓
尾巴。

鈕扣公主非常憤怒，氣到開始發抖。

「我的尾巴，馬上還給我！」
她尖叫。

但是小蘭聳聳肩。

鈕扣公主轉身要去抓阿德，卻驚呼一聲。

因為阿德不見了。

「怎麼回事？」鈕扣公主說。

「我在這裡！」阿德掛在法蘭克的爪子裡搖晃著。

法蘭克往上飛，一圈圈盤旋飛上神奇塔的頂端，輕輕把阿德放在小蘭旁邊。

鈕扣公主再也忍耐不住，她把「大腦終結者 3000 型」瞄準狐狸，按下發射。

嗞嗞嗞！

第一道雷射光撞到神奇塔的角落，回彈的力量讓鈕扣公主往後摔。她掙扎著站起來，再瞄準一次。她把雷射光對著小蘭的頭。

嗞嗞嗞！

就在這時候，小蘭算準時機，把鈕扣公主的尾巴丟到半空，它被擊中爆炸了，皮毛跟火花四散，空氣中瀰漫一股烤貓的臭焦味。

「我的尾巴！」鈕扣公主大喊，她一陣暈眩，在草地上跌跌撞撞。她只剩一道雷射光可以發射了。

她兩腳站穩，把「大腦終結者 3000 型」對準阿德。

只不過……她看不到阿德了，因為有一隻巨大的老鷹對著鈕扣公主衝過來，而且那隻老鷹還一邊說：

「**外星人！**」潘蜜拉大喊。「**外星人降落了！！！**」

阿德和小蘭還有法蘭克，現在舒服的坐在潘蜜拉亂糟糟的巢裡，一致點點頭。

「是啊，潘蜜拉，」法蘭克說，「真的是這樣沒錯。」

鈕扣公主大喊：「不！我不是外星人！」，她看到潘蜜拉準備俯衝。鈕扣公主把頭上的「大腦終結者 3000 型」卸下來，「看到了嗎？我是一隻貓啊！一隻普通的貓！」

但是太遲了。

阿德蒙住雙眼。

小蘭歡呼。

法蘭克咕咕叫。

潘蜜拉從神奇塔俯衝下去，咬掉鈕扣公主的頭，乾淨俐落。

第十六章
瘋狂森林，再見

由於前一天的風波，超級大秀沒有完整呈現，戴德斯和英格麗討論過了，他們都同意要再辦一次。

「要不要薄荷漢堡？」戴德斯遞給小蘭一個紙袋。

「不用，謝謝你，戴德斯。」她燦笑，「我吃牛肉乾。我們不要把甜和鹹混在一起，對吧。」

「謝謝你們，各位，謝謝大家，」英格麗在

舞台上說，「現在，下一場表演，讓我們歡迎兩個才華洋溢的年輕人，他們是本季加入瘋狂森林劇團的優秀團員。」

「噢，他們上台了！」晃頭用手肘輕推小蘭。

「我知道，以下我說的，代表很多人的心聲，」英格麗繼續說，「其中一個年輕團員將要離開，我非常難過。」她緊握一條手帕靠在嘴邊。「但是人生就是繼續往前……無止盡的……就像浪花拍打生命的海岸線……。」

塔瑪拉咳了幾聲。

「抱歉。總之，讓我們以瘋狂森林的歡呼聲，歡迎阿德和小柳──」

阿德和小柳跳上舞台。燈光轉暗。

「準備好了嗎？」小柳輕輕說。

阿德點點頭。

舞蹈慢慢開始了，阿德和小柳輕手輕腳，就像潛入畫廊的一對竊賊。阿德穿著樹木道具服，

小柳曼妙起舞，假裝是風，風兒、風兒，吹彎了
阿德的枝條。

「噢，好有詩意啊。」晃頭評論說。

但是這時候，音樂突然**爆炸**，變成狂歡的迪
斯可音樂，小柳不知何時換上一襲五彩繽紛的舞
衣，阿德把她舉起來在頭上旋轉。

有一隻河狸用一盞床頭燈不停的開開關關，
創造出興奮的燈光效果。

觀眾鼓掌，順著節奏以腳踩拍子。

小蘭的下巴都快掉到地上了。她不知道阿德可以做這種表演。

「這些年輕人真有才華啊。」法蘭克點點頭。

阿德現在跳著繁複的踢踏舞，腳上綁著兩片垃圾桶蓋。

接著是盛大的結尾，小柳拿著一個著火的鳳梨迅速跑過整個舞台，然後動作誇張的往下一丟，高聲大叫，「未來是我們的！」

群眾沸騰。

「阿德，太完美了！」小柳說，「你表演得很精彩！」

阿德的心臟都快跳出嘴巴。這是他生命中最

有張力的五分鐘，而他
熱愛每一分、每一秒。

　　最後，觀眾掌聲
慢慢停止。阿德站在台
上，看著台下一大群觀眾。
他看到小蘭、戴德斯、法蘭克，
一群獾、兔子、松鼠，甚至連潘蜜拉都停
棲在後排，不過法蘭克堅持她一定要戴上嘴套，
以防她又失控吃掉誰。

　　「各位，請聽我說幾句話好嗎？」阿德結結
巴巴，觀眾一陣靜默。「我只是想說……在瘋狂
森林這段時間，我很開心。雖然發生了很多事，
但是你們對我和小蘭都這麼友善。」

　　「嘿呦！」法蘭克和晃頭大聲叫好。

　　「閉嘴啦。」小蘭試著忍著微笑。

　　「我要謝謝大家，」阿德說，「謝謝大家，
在我們最需要的時候，這麼歡迎我們、照顧我們。

我和小蘭，在今天這場表演結束後，就要回大城
了。」

　　觀眾發出一陣喝倒采，戴德斯難過得歪倒在
法蘭克腋下。

　　「我保證一定不會忘記大家的，」阿德說，
「我會很想念你們每一個，尤其是你，小柳。你
是我從以前到現在交過最好的朋友。」

　　大顆淚珠串串滾落小柳的臉頰。

「但是，我也要謝謝我的姐姐小蘭。首先謝謝她讓我們完成這場表演。還有，如果不是她，我不會在這裡。從我有記憶以來，她就一直在照顧我。所以，雖然我很難過要離開瘋狂森林，但是我也很高興，因為我會跟她在一起。她去哪裡，我就去哪裡。因為，她就是我的家。」

嗚嗚嗚！！！

小柳和阿德擁抱，阿德伏在他最愛的朋友頸上啜泣。其實台下觀眾都伏在彼此肩頭上哭，因為這真的是有史以來最可愛、最感傷的事了。

大家哭成一團時候，小蘭默默走上舞台。

「不要再哭了，好嗎？」
小蘭用麥克風大聲說，「因
為我有話要說。」

「噢！」大家說。

「我們一到這裡時，我覺
得你們是一群瘋子。」

「這個嘛，她倒也沒錯。」
戴德斯說。

「而且老實講……」小蘭說，「我
現在還是覺得你們是一群瘋子。但是，你們對
阿德很好。你們對我也很好，就算我不值得你們
對我好。」

法蘭克對她眨個眼。

「而且，就像鼻子長在我臉上一樣很確定的
是，我從來沒有看過我弟弟這麼開心。」

阿德抹抹眼睛。

「所以，我決定了。我們要留下來。」

「蛤！」大家驚呼。

「戴德斯，你覺得可以嗎？」小蘭問。

「噢，你一**定**要留下來啊！」戴德斯大聲說，「你很融入啊！你們兩個都是。」

阿德不知道該說什麼。

他全力擁抱小蘭，大家高聲歡呼、吹起小笛子，還開始小提琴即興演奏。

「我愛你，姐姐。」他輕輕說。

「我也愛你，弟弟。」小蘭輕輕說。

小蘭看看四周。

她看到，樹木之間的高壓電塔、購物推車、發臭的池塘、戴德斯的生鏽露營車，還有他們頭頂上，漆黑夜空中閃亮的星星。

「小蘭，你是說真的嗎？」阿德說，「我們真的可以留在這裡嗎？」

「是啊，」小蘭說。「瘋狂森林確實很瘋狂，但是瘋狂森林是我們的家。」

親愛的媽媽爸爸：

　　只是要寫信告訴你們，我們要留在瘋狂森林一陣子。大家都對我們很好，我們覺得留下來才對。我等不及要把一切都告訴你們了。法蘭克（是一隻貓頭鷹，而且他其實真的很好）在這張明信片後面畫了地圖。這樣你們或許就能找到我們。

　　我愛你們

　　阿德

　　小蘭

瘋狂森林

歡迎光臨瘋狂森林1：新來的狐狸姐弟

作繪／納迪亞‧希琳 (Nadia Shireen)
譯者／周怡伶

社長／陳蕙慧　總編輯／陳怡璇　副總編輯／胡儀芬
責任編輯／胡儀芬　文字校對／莊富雅　美術設計／吳孟寰
行銷企畫／陳雅雯、余一霞
出版／木馬文化事業股份有限公司
發行／遠足文化事業股份有限公司（讀書共和國出版集團）
地址／231 新北市新店區民權路 108-4 號 8 樓
電話／02-2218-1417
傳真／02-8667-1065
Email／service@bookrep.com.tw
郵撥帳號／19588272 木馬文化事業股份有限公司
客服專線／0800-2210-29
法律顧問／華洋法律事務所　蘇文生律師
印刷／漾格科技股份有限公司

定價／360 元
ISBN／978-626-314-447-7

2023（民 112）年 5 月初版一刷
2024（民 113）年 8 月初版三刷

國家圖書館出版品預行編目 (CIP) 資料

歡迎光臨瘋狂森林 . 1, 新來的狐狸姐弟 / 納迪亞 . 希琳 (Nadia Shireen) 作繪；
周怡伶譯 . -- 初版 . -- 新北市：木馬文化事業股份有限公司出版：遠足文化事業股
份有限公司發行 , 民 112.05 244 面；15x21 公分 譯自：Grimwood : laugh your
head off with the funniest new series of the year. ISBN 978-626-314-447-
7(平裝)

873.596　　112006775

GRIMWOOD: Laugh your head off with the funniest new series of the year
Text and illustrations copyright © 2021 Nadia Shireen
First published in Great Britain in 2021 by Simon & Schuster UK Ltd
1st Floor, 222 Gray's Inn Road, London WC1X 8HB
A Paramount Company
This edition arranged with Simon & Schuster UK Ltd through Bardon-Chinese Media Agency.
This Complex Chinese Translation copyright © 2023 ECUS PUBLISHING HOUSE
All rights reserved.

歡迎光臨瘋狂森林②
陌生訪客的陰謀

2023 年 7 月
出版

一位優雅又神祕的銀狐紳士來到瘋狂森林，

他是誰？

他和小蘭與阿德有什麼關係嗎？

小蘭和法蘭克正在訓練跳樹選手，

因為他們準備參加一場即將決定

瘋狂森林命運的跳樹比賽，

如果輸了，瘋狂森林即將夷為平地……

噢，天哪，好想知道
到底發生什麼事！